Sven Frank

Menschenmilch

Eine (fast) wahre Geschichte

Druck und Distribution im Auftrag des Autors:
tredition GmbH, Heinz-Beusen-Stieg 5,
D-22926 Ahrensburg

ISBN
Paperback   978-3-384-54956-3
Hardcover   978-3-384-54957-0

*

Der Wind trug den Duft von reifem Wein und feuchter Erde über die sanften Hügel von Rheinhessen. Die Felder erstreckten sich bis zum Horizont, durchzogen von schmalen Landstraßen, die in der Nachmittagssonne schimmerten. In der Ferne sah man die Silhouette von Mainz, wo der Rhein träge dahinfloss, als könne ihn nichts aus der Ruhe bringen.

Lena saß am Steuer ihres alten, aber zuverlässigen Golfs, die Finger um das Lenkrad gekrallt, während sie die letzten Kilometer zu ihrem Heimatdorf zurücklegte. Sie war fast sieben Jahre fort gewesen, hatte sich in den Straßen Frankfurts verloren, in fremden Gesichtern, in Jobs, die nichts anderes waren als Notlösungen. Sie hatte gehofft, dass die Zeit die Wunden ihrer Vergangenheit heilen würde – doch sie wusste längst, dass manche Narben bleiben.

Sie bog in die vertraute Dorfstraße ein, die von alten Fachwerkhäusern gesäumt war. Die große Kastanie vor dem Haus ihrer Großmutter stand noch immer, ihre Äste wölbten sich wie ein schützendes Dach über den gepflasterten Gehweg. Das Haus selbst war ein wenig in die Jahre gekommen, aber die Fensterläden leuchteten noch in jenem satten Grün, das ihre Kindheit begleitet hatte.

Als sie die Tür öffnete, umfing sie der Geruch von frisch gebackenem Brot und Kräutertee. Ihre Großmutter, eine zierliche Frau mit durchdringendem Blick, saß in der Küche und sah sie an, als hätte sie sie gestern erst verabschiedet.

„Du bist zurück," sagte sie nur, ohne Überraschung, ohne Vorwurf.

Lena nickte. Ihr Hals fühlte sich eng an. Sie wusste, dass ihre Rückkehr Fragen aufwerfen würde, Fragen, auf die sie selbst keine Antworten hatte.

Später, als sie allein in ihrem alten Zimmer saß, fiel ihr Blick auf eine Fotografie auf dem Nachttisch. Ein Sommertag, sie und Daniel lachend in den Weinbergen. Seine braunen Augen voller Wärme, sein Lächeln, das ihr Herz schneller schlagen ließ. Ein Stich fuhr durch ihre Brust. Sie strich mit den Fingern über das Bild, als könne sie ihn dadurch wieder näherholen.

Morgen, hatte sie sich gesagt. Morgen würde sie ihm erzählen, dass sie schwanger war. Morgen würde alles anders werden.

Doch es hatte keinen Morgen gegeben. Nur das Schrillen des Telefons, das Zittern in der Stimme seiner Schwester. Und dann die Stille.

Lena zog die Beine an die Brust und schloss die Augen. Der Schmerz war noch da, tief in ihr, unverändert. Sie war zurückgekommen, um sich dem zu stellen. Doch jetzt, da sie hier war, wusste sie nicht, ob sie stark genug war.

*

Der Morgen begann mit Nebelschleiern über den Feldern. Lena stand am Fenster ihres alten Zimmers und blickte hinaus. Sie konnte die Geräusche des Dorfes hören – das Klappern von Hufen auf Kopfsteinpflaster, das Rufen eines Nachbarn, das entfernte Summen eines Traktors. Alles war vertraut und doch fremd, als hätte sich die Welt hier weitergedreht, während sie stehen geblieben war.

Unten in der Küche saß ihre Großmutter bereits am Tisch und rührte in einer Tasse Tee. „Hast du geschlafen?" fragte sie, ohne aufzusehen.

Lena zuckte mit den Schultern. „Ein bisschen."

Sie setzte sich ihr gegenüber, nahm das Brot aus dem Korb und brach ein Stück ab. Die Wärme des Gebäcks tat gut, aber der Knoten in ihrer Brust löste sich nicht.

„Ich habe ihn geliebt", sagte sie plötzlich, leise.

Ihre Großmutter legte den Löffel beiseite und sah sie an. „Ich weiß."

Lena presste die Lippen aufeinander. Warum war das so schwer? Warum fühlte es sich an, als würde ihr Herz jeden Moment zerspringen? Sie hatte diese Worte noch nie laut gesagt. Nicht, seit Daniel fort war.

„Ich wollte ihm von dem Baby erzählen. An dem Tag, an dem er…" Ihre Stimme brach.

Ihre Großmutter legte ihre warme, knorrige Hand auf ihre. „Du trägst viel mit dir herum, Kind."

Lena schloss die Augen, kämpfte gegen die Tränen. Sie war hierher zurückgekommen, weil sie dachte, dass sie den Schmerz hier loswerden könnte. Aber vielleicht war das eine Illusion. Vielleicht blieb der Schmerz, egal wohin sie ging.

„Ich weiß nicht, wie ich ohne ihn weitermachen soll", flüsterte sie.

Ihre Großmutter seufzte. „Manchmal hat das Leben einen anderen Plan für uns, als wir es uns wünschen."

Lena schüttelte den Kopf. „Das ist nicht fair."

„Nein", sagte ihre Großmutter sanft. „Aber du bist noch hier. Und dein Kind auch."

Diese Worte trafen sie tief. Ihr Kind. Ihr und Daniels Kind. Noch hatte sie es niemandem gesagt, hatte es geheim gehalten, weil es sich zu groß, zu unfassbar anfühlte.

Sie legte eine Hand auf ihren Bauch. Es war noch kaum sichtbar, aber sie wusste, dass da Leben in ihr wuchs. Ein Teil von ihm.

Ein Zittern ging durch sie. Sie musste einen Weg finden, weiterzumachen – für sich und für ihr Kind.

Aber wie?

Draußen zog der Nebel langsam fort, gab den Blick auf die Weinberge frei. Vielleicht lag die Antwort irgendwo dort draußen, zwischen den Zeilen der Vergangenheit, zwischen den Erinnerungen an eine Liebe, die zu früh endete.

*

Lena verbrachte den Tag damit, durch das Dorf zu streifen. Sie hatte gehofft, dass die vertrauten Straßen und die Gesichter aus ihrer Kindheit ihr ein Gefühl von Sicherheit geben würden. Doch stattdessen fühlte sie sich, als wäre sie eine Fremde in ihrem eigenen Leben.

Am späten Nachmittag fand sie sich auf einem schmalen Weg wieder, der zwischen den Weinbergen hindurchführte. Es war Daniels Lieblingsort gewesen. Von hier aus konnte man weit über die hügelige Landschaft blicken, und wenn die Sonne unterging, tauchte sie die Reben in ein goldenes Licht.

Sie schlang die Arme um sich, spürte die feuchte Erde unter ihren Schuhen und die kühle Brise auf ihrer Haut. Wie oft waren sie hier gesessen, hatten über ihre Zukunft gesprochen? Er hatte Pläne gemacht – große, strahlende Pläne. Ein eigenes Weingut, vielleicht. Eine Familie.

Tränen brannten in ihren Augen. Wie sollte sie diese Zukunft alleine weiterführen?

„Lena?"

Die Stimme ließ sie zusammenzucken. Sie drehte sich um und sah Tobias auf sie zukommen. Er war Daniels bester Freund gewesen, fast wie ein Bruder für ihn. Seine dunklen Locken waren vom Wind zerzaust, seine Hände tief in die Taschen seiner Jacke vergraben.

„Ich hätte mir denken können, dass ich dich hier finde", sagte er, als er näherkam.

Lena schluckte. Sie hatten sich seit der Beerdigung nicht mehr gesehen. Damals war sie nicht in der Lage gewesen, mit ihm zu sprechen. Alles war zu viel gewesen, zu laut, zu schmerzhaft.

„Ich wusste nicht, dass du wieder da bist", sagte Tobias vorsichtig.

„Seit gestern", erwiderte sie knapp.

Er nickte langsam. Dann ließ er seinen Blick über die Weinberge schweifen. „Er hat diesen Ort geliebt."

Lena musste die Tränen zurückkämpfen. „Ich weiß."

Tobias sah sie an. Etwas in seinem Gesichtsausdruck ließ sie aufhorchen – als hätte er etwas auf dem Herzen, etwas, das er ihr sagen wollte, sich aber nicht traute.

„Tobias, was ist los?" fragte sie schließlich.

Er trat einen Schritt näher, zögerte. „Es gibt etwas, das du wissen solltest."

Ihr Herz begann schneller zu schlagen. „Was meinst du?"

Tobias fuhr sich mit der Hand durchs Haar. „Der Unfall… ich weiß, was offiziell gesagt wurde. Dass es ein tragisches Unglück war. Aber…" Er hielt inne, suchte nach den richtigen Worten.

Lena starrte ihn an. „Aber was?"

Tobias sah ihr direkt in die Augen. „Ich glaube nicht, dass es ein Unfall war."

Einen Moment lang fühlte es sich an, als würde der Boden unter ihren Füßen nachgeben. Sie konnte nicht atmen, nicht denken.

„Was… was redest du da?" Ihre Stimme war kaum mehr als ein Flüstern.

Tobias' Kiefer spannte sich an. „Ich glaube, jemand wollte, dass Daniel stirbt."

Lena spürte, wie ihre Welt ins Wanken geriet. Der Schmerz war schon fast unerträglich gewesen – aber das hier? Das hier änderte alles.

*

Lena starrte Tobias an, während ihre Gedanken wie ein wild gewordener Sturm durch ihren Kopf tobten. Ihr Herz hämmerte gegen ihre Rippen.

„Was… was meinst du damit?" Ihre Stimme war kaum mehr als ein Flüstern.

Tobias sah sie ernst an. „Ich weiß, wie es klingt. Und ich würde es nicht sagen, wenn ich mir nicht sicher wäre, dass da etwas nicht stimmt."

Lena schüttelte den Kopf, als wollte sie die Worte abschütteln. „Aber es war ein Unfall. Die Polizei hat gesagt, dass er in der Kurve die Kontrolle verloren hat. Dass es keine Anzeichen für Fremdeinwirkung gab."

„Genau das ist es ja", erwiderte Tobias. „Ich habe mir die Berichte angesehen. Und ich war an der Unfallstelle. Da war nichts, keine Bremsspuren, nichts, was darauf hindeutet, dass er versucht hat auszuweichen. Es ist, als hätte das Auto einfach… aufgehört zu reagieren."

Ein eisiger Schauer lief Lena über den Rücken.

„Das kann doch Zufall sein", flüsterte sie. „Ein technischer Defekt…"

Tobias presste die Lippen aufeinander. „Dann wäre das in der Untersuchung festgestellt worden. Aber das wurde es nicht."

Lena sank langsam auf einen der niedrigen Mauervorsprünge, die den Weinberg begrenzten. Ihr Kopf dröhnte. Bis jetzt hatte sie geglaubt, dass sie den schlimmsten Schmerz bereits durchlebt hatte. Doch diese Worte – diese Möglichkeit – rissen alles wieder auf.

„Hast du… hast du Beweise?" fragte sie schließlich, ihre Stimme heiser.

Tobias zögerte. „Ich habe Indizien. Dinge, die nicht zusammenpassen. Und ich bin nicht der Einzige, dem das aufgefallen ist."

Lena sah ihn scharf an. „Was soll das heißen?"

Er nahm einen tiefen Atemzug. „Ein paar Tage nach dem Unfall habe ich mit Jonas gesprochen, einem Mechaniker aus Daniels Werkstatt. Er meinte, Daniel hätte in den Tagen davor bemerkt, dass etwas mit seinem Auto nicht stimmte. Er wollte es sich anschauen lassen. Aber dazu kam es nie."

Lenas Hände verkrampften sich in ihrem Schoß. „Warum hast du mir das nicht früher gesagt?"

Tobias' Blick wurde weich. „Du warst am Boden zerstört, Lena. Ich wusste nicht, ob es dir helfen oder dich nur noch mehr kaputt machen würde."

Ein stechender Schmerz durchfuhr sie. Ja, sie war am Boden gewesen. Aber hätte sie es nicht verdient gehabt, die Wahrheit zu kennen?

„Was sollen wir jetzt tun?" fragte sie leise.

Tobias' Miene wurde entschlossen. „Herausfinden, was wirklich passiert ist."

Lena wusste, dass es keine einfache Antwort geben würde. Aber zum ersten Mal seit langer Zeit fühlte sie etwas anderes als Schmerz: Wut. Wenn jemand Daniel absichtlich das Leben genommen hatte, dann würde sie nicht ruhen, bis sie die Wahrheit kannte.

Sie legte die Hand auf ihren Bauch. „Für ihn. Und für unser Kind."

Tobias' Augen weiteten sich leicht, doch er sagte nichts. Er nickte nur, als hätte er verstanden, dass sie nicht länger nur für sich kämpfte – sondern für das, was von Daniel geblieben war.

*

Die Straßen von Mainz lagen still unter der schwachen Beleuchtung der Laternen, während Tobias mit einer beängstigenden Mischung aus Geschwindigkeit und Vorsicht durch die Stadt fuhr. Lena saß auf dem Beifahrersitz, die Hände fest um ihren Bauch gelegt, als könnte sie das Kind in sich damit schützen.

Ihr Atem ging flach, ihr Herz hämmerte. Jede Sekunde, die verging, fühlte sich wie eine Ewigkeit an.

„Fast da", murmelte Tobias, ohne den Blick von der Straße zu nehmen.

Lena nickte stumm, doch ihre Gedanken waren längst in Panik gefangen. Was, wenn sie zu spät kamen? Was, wenn ihr Baby —

Nein. Sie durfte nicht so denken. Sie musste stark sein. Für ihr Kind. Für Daniel.

Das Krankenhaus tauchte vor ihnen auf, das grelle Licht der Notaufnahme blendete sie, als Tobias den Wagen abrupt zum Stehen brachte.

Er sprang aus dem Auto und riss ihre Tür auf. „Komm."

Sie stolperte aus dem Sitz, ihr Körper fühlte sich taub an. Tobias legte einen Arm um sie und führte sie durch die Glastüren.

„Wir brauchen sofort einen Arzt!" rief er, seine Stimme angespannt.

Eine Krankenschwester eilte herbei, ihre Augen scannten Lena mit geübtem Blick. „Was ist passiert?"

Lena versuchte zu sprechen, aber ihre Kehle war wie zugeschnürt. Tobias übernahm: „Sie ist schwanger – sie spürt das Baby nicht mehr."

Die Worte auszusprechen machte es noch realer, noch furchteinflößender.

„Kommen Sie mit", sagte die Krankenschwester ruhig, doch entschlossen. Sie führte Lena in einen Untersuchungsraum, während Tobias draußen warten musste.

Lena lag auf der Liege, ihr Körper steif vor Angst, als eine Ärztin mit einem Ultraschallgerät hereinkam.

„Wir schauen sofort nach", sagte sie beruhigend und strich das kalte Gel auf Lenas Bauch.

Lena hielt den Atem an. Sekunden, die sich wie Stunden anfühlten, verstrichen, während die Ärztin den Schallkopf über ihre Haut bewegte.

Aber da war nichts. Kein pochendes Geräusch. Kein sanfter Herzschlag. Nur eine drückende Stille.

Die Ärztin runzelte die Stirn, bewegte das Gerät, suchte weiter. Doch das Ergebnis blieb dasselbe.

Dann sah sie Lena an, ihr Blick voller Mitgefühl, voller jener unausgesprochenen Worte, die Lena nicht hören wollte.

„Es tut mir leid."

Zwei einfache Worte. Und doch rissen sie ihr den Boden unter den Füßen weg.

Lena starrte die Ärztin an, als hätte sie sich verhört. Ihr Mund öffnete sich, aber kein Laut kam heraus.

„Nein", flüsterte sie schließlich, ihr Kopf schüttelte sich, als könnte sie damit die Realität vertreiben. „Nein, das kann nicht sein. Bitte… versuchen Sie es nochmal."

Die Ärztin legte sanft eine Hand auf ihren Arm. „Es gibt keinen Herzschlag mehr. Es tut mir unendlich leid."

Ein erstickter Laut entkam ihrer Kehle. Ihr Baby. Ihr letztes Stück von Daniel. Fort.

Die Tränen kamen nicht sofort. Nur eine kalte, lähmende Stille breitete sich in ihr aus.

Irgendwann half die Krankenschwester ihr, sich langsam aufzusetzen. Ihr Körper fühlte sich fremd an, leer.

Als sie in den Flur geführt wurde, sah sie Tobias. Er sprang sofort auf, suchte nach Antworten in ihrem Gesicht.

„Lena?"

Ihre Lippen bebten. Sie wollte es sagen, aber die Worte blieben ihr im Hals stecken.

Doch er verstand es auch so.

Sein Blick füllte sich mit Schmerz, als sie sich in seine Arme fallen ließ. Und diesmal gab es nichts, was sie trösten konnte. Nur eine unendliche Leere.

*

Lena wusste nicht, wie viel Zeit vergangen war. Vielleicht Minuten, vielleicht Stunden. Sie saß in einem der kühlen Krankenhausflure, während um sie herum die Welt weiterging, als wäre nichts geschehen. Stimmen, Schritte, das Piepen medizinischer Geräte – all das klang wie aus weiter Ferne, als würde sie unter Wasser hören.

Tobias saß neben ihr, doch sie konnte seinen Blick nicht ertragen. Sie wollte niemanden ansehen. Niemanden hören. Sie wollte sich einfach nur auflösen, in der Stille verschwinden, wo der Schmerz sie nicht mehr erreichte.

Doch er war da.

Er war überall.

Ein Arzt war gekommen und hatte ruhig erklärt, was nun passieren musste. Eine Einleitung, ein Abschied, den sie nicht begreifen konnte. Sie hatte kaum zugehört.

„Lena", sagte Tobias leise.

Sie rührte sich nicht.

Er legte eine Hand auf ihre Schulter, warm und zögernd, als wüsste er nicht, ob sie ihn wegstoßen würde.

„Ich bin hier."

Sie blinzelte, spürte, wie eine einzelne Träne ihre Wange hinunterlief. Dann noch eine. Und plötzlich konnte sie nicht mehr aufhören. Ein Schluchzen riss aus ihrer Brust, ließ sie zittern, machte es schwer zu atmen.

Tobias zog sie in eine Umarmung, hielt sie einfach nur, während sie sich festkrallte, als wäre er der letzte Anker in einer Welt, die sie verschlang.

Irgendwann, Lena wusste nicht wann, wurde sie in ein Krankenzimmer gebracht. Weiß, steril, viel zu leer. Eine Schwester sprach beruhigend mit ihr, aber die Worte erreichten sie nicht.

Sie legte sich auf die Liege. Der Gedanke, dass ihr Kind noch in ihr war, aber nicht mehr lebte, war unerträglich. Und doch konnte sie es nicht loslassen.

Als der Tropf gelegt wurde, als die Wehen einsetzten, lag sie einfach nur da.

Tobias war bei ihr. Er hielt ihre Hand.

Aber Daniel war es nicht.

Und ihr Kind würde es auch nie sein.

Der Schmerz war schlimmer, als sie es sich jemals hätte vorstellen können. Nicht der körperliche – der war nichts gegen das, was ihr Herz durchmachte.

Irgendwann war es vorbei.

Und als sie ihr Kind halten durfte – viel zu klein, viel zu still – zerbrach etwas in ihr endgültig.

*

Die Nacht lag schwer über dem Krankenhaus. Die Gänge waren still, nur das gedämpfte Piepen von Monitoren und das leise Murmeln des Nachtdienstes drangen durch die geschlossenen Türen.

Lena lag in ihrem Bett, starrte an die weiße Decke, die so steril war wie alles um sie herum. In ihr war nichts mehr. Keine Tränen, keine Wut, keine Angst. Nur Leere.

Ihr Baby war fort. Ihr letzter Halt, das letzte Stück von Daniel – ausgelöscht, bevor es überhaupt eine Chance hatte, zu leben.

Sie konnte den Gedanken nicht fassen, dass die Welt sich einfach weiterdrehte. Dass die Krankenschwestern immer noch ihre Runden machten, dass Menschen lachten, dass Autos draußen auf den Straßen vorbeifuhren, als wäre nichts passiert.

Aber für sie war alles vorbei.

Langsam setzte sie sich auf. Ihr Körper fühlte sich schwach an, jede Bewegung schwer, aber es war ihr egal. Sie ließ den Blick durch das dunkle Zimmer wandern. Neben ihr stand ein Tablett mit Wasser und Schmerzmitteln, die sie nach der Geburt bekommen hatte. Kleine, weiße Pillen, ordentlich in einer Plastikverpackung.

Ihre Finger zitterten, als sie danach griff.

Wie viele würden reichen?

Es spielte keine Rolle.

Sie öffnete die Verpackung, schüttete die Tabletten in ihre Handfläche. Ihr Atem ging ruhig, beinahe gelassen. Ein Teil von ihr hatte gewusst, dass es irgendwann so enden würde. Sie hatte so viel verloren – zuerst Daniel, jetzt ihr Kind. Was hatte sie noch?

Ihre Finger schlossen sich um die Tabletten.

Dann hörte sie ein Geräusch.

Die Tür öffnete sich, ein schwacher Lichtschein fiel in das Zimmer.

„Lena?"

Tobias.

Er stand im Türrahmen, seine Haare zerzaust, als hätte er nicht geschlafen. Seine Augen suchten nach ihr, und in dem Moment erkannte er es. Er sah die Tabletten in ihrer Hand, die Leere in ihrem Blick.

In Sekundenschnelle war er bei ihr.

„Lena, nein."

Er griff nach ihrer Hand, doch sie wehrte sich, wollte sich von ihm losmachen.

„Lass mich", flüsterte sie.

„Nein." Seine Stimme brach fast. „Nein, ich werde dich nicht lassen."

Er hielt ihre Hand so fest, dass die Tabletten aus ihrer zitternden Faust auf das Bett fielen. Sie starrte ihn an, ihre Brust hob und senkte sich hektisch.

„Ich kann nicht mehr, Tobias", flüsterte sie, ihre Stimme zerbrach. „Ich kann einfach nicht mehr."

Er legte seine Hände an ihre Wangen, zwang sie, ihn anzusehen.

„Ich weiß, Lena. Ich weiß, dass es weh tut. Aber du bist nicht allein."

Sie schüttelte den Kopf, Tränen liefen über ihr Gesicht. „Doch, das bin ich. Sie sind weg. Daniel ist weg. Mein Baby ist weg. Warum sollte ich noch hier sein?"

Seine Augen glänzten im schwachen Licht. „Weil du noch da bist. Weil du überlebt hast. Und weil ich dich nicht verlieren werde."

Seine Stimme war nicht sanft. Sie war fest, voller Entschlossenheit.

„Ich bleibe bei dir, egal was passiert."

Lena schluchzte. Ihr Körper sackte in sich zusammen, und Tobias hielt sie einfach nur fest.

Erst als die Schwester eintrat, als er die Tabletten aus ihrer Hand sammelte und sanft über ihr Haar strich, begann sie wirklich zu weinen.

Es war kein Heilmittel. Kein plötzliches Erwachen aus der Dunkelheit.

Aber es war ein Halt. Ein Halt, als sie am tiefsten Punkt war.

*

Lena spürte, wie die Arme um sie wichen, als die Tür sich erneut öffnete.

„Herr Becker, ich muss Sie bitten, draußen zu warten", sagte die Schwester mit ruhiger, aber bestimmter Stimme.

Tobias wollte protestieren, seine Finger krallten sich kurz um Lenas Hand, als würde er sie nicht allein lassen wollen. Doch dann nickte er langsam, sein Blick voller Sorge.

„Ich bin direkt draußen", sagte er leise und ließ sie schließlich los.

Als die Tür sich schloss, war es wieder still im Zimmer. Die Schwester beugte sich zu Lena herunter, prüfte ihren Puls und strich sanft über ihren Arm.

„Wir werden jetzt gut auf Sie aufpassen, Frau Wagner."

Lena sagte nichts.

Sie fühlte sich leer, müde, als hätte sie alles verloren – selbst ihre Fähigkeit, noch irgendetwas zu empfinden.

Nach ein paar Minuten öffnete sich erneut die Tür, und ein Arzt trat ein. Er war mittelgroß, um die fünfzig, mit freundlichen Augen hinter einer Brille. Seine Stimme war sanft, als er sprach.

„Frau Wagner, mein Name ist Dr. Meissner. Ich wollte mit Ihnen über etwas sprechen, das vielleicht ungewöhnlich klingt, aber ich möchte Sie darum bitten, es sich anzuhören."

Lena blinzelte langsam, sah ihn ausdruckslos an. Was sollte jetzt noch von Bedeutung sein?

Er zog sich einen Stuhl ans Bett und setzte sich.

„Ich weiß, dass Sie eine unendlich schwere Nacht hinter sich haben. Ich weiß, dass es sich im Moment so anfühlt, als würde nichts mehr Sinn ergeben."

Lena spürte, wie ihr Kiefer sich spannte. Sie wollte nicht über den Schmerz reden. Sie wollte gar nichts.

Doch dann fuhr er fort:

„Heute Nacht ist eine Frau verstorben. Eine junge Mutter. Ihr Kind hat überlebt – ein kleines Mädchen, zu früh geboren, zart und verletzlich. Es braucht Muttermilch, um eine bessere Chance zu haben. Und wir haben uns gefragt, ob Sie sich vorstellen könnten, ihr diese Milch zu spenden."

Lena zuckte zusammen.

Sie starrte ihn an, als hätte sie sich verhört.

„Was…?" Ihre Stimme war heiser, brüchig.

„Ihr Körper produziert jetzt Muttermilch, auch wenn Ihr eigenes Kind nicht mehr lebt. Normalerweise geben wir in solchen Fällen Medikamente, um die Milchproduktion zu stoppen. Aber…" Er zögerte kurz. „Vielleicht könnte es Ihnen helfen, wenn Sie wissen, dass Ihre Milch einem anderen Leben hilft."

Lena fühlte, wie ihr Atem stockte.

Ein Baby. Ein fremdes Baby.

Ihr Körper hatte ein Kind verloren, aber er war trotzdem bereit, zu geben.

Eine Welle von Emotionen traf sie unerwartet. Schmerz, aber auch etwas anderes – etwas, das sie nicht benennen konnte.

„Ich… ich weiß nicht", flüsterte sie.

Der Arzt nickte verständnisvoll. „Es ist Ihre Entscheidung. Niemand drängt Sie. Aber wenn Sie es möchten – wir würden alles für Sie organisieren. Und falls Sie es doch nicht wollen, dann ist das genauso in Ordnung."

Lena schluckte. Ihr Körper fühlte sich so leer an, ihr Herz noch leerer. Aber da war ein Kind, das lebte.

Ein Kind, das Nahrung brauchte.

Sie schloss die Augen und legte eine Hand auf ihren Bauch.

Es war nicht ihr Baby.

Aber vielleicht… vielleicht konnte sie trotzdem etwas Gutes tun.

Vielleicht konnte sie ein kleines bisschen von dem, was sie verloren hatte, weitergeben.

Als sie die Augen wieder öffnete, war ihr Blick noch voller Schmerz – aber in der Dunkelheit war ein winziger Funke.

„Ja", sagte sie schließlich leise. „Ich möchte es versuchen."

*

Der Arzt nickte sanft, als hätte er bereits gewusst, dass sie zustimmen würde. „Das ist eine mutige Entscheidung, Frau Wagner. Wir werden uns gut um Sie kümmern."

Lena sagte nichts. Sie wusste nicht, ob es Mut war oder einfach nur das verzweifelte Bedürfnis, in diesem Chaos irgendeinen Sinn zu finden.

Die Schwester trat nach vorne. „Ich werde Ihnen helfen, den Milchfluss zu regulieren. Wir nutzen eine Milchpumpe, das bedeutet, dass Sie das Baby nicht direkt stillen müssen – es wird über eine Sonde ernährt, weil es noch zu schwach ist."

Lena spürte, wie sich ihre Brust zusammenzog. Die Worte klangen so klinisch, so sachlich, aber dahinter verbarg sich etwas anderes.

Ein Kind. Ein winziges, zerbrechliches Kind, das Milch brauchte.

„Möchten Sie sie sehen?" fragte die Schwester plötzlich.

Lena erstarrte.

„Das Baby?" flüsterte sie.

Die Schwester nickte. „Es ist ganz Ihnen überlassen. Sie müssen nicht. Aber manchmal hilft es, zu wissen, wem man hilft."

Lena wusste nicht, was sie erwartete, als sie wenig später in einem Rollstuhl durch die leeren Flure geschoben wurde. Ihr Körper war schwach, ihre Gedanken ein Durcheinander. Tobias hatte sie gefragt, ob er mitkommen sollte, aber sie hatte verneint. Diesen Moment musste sie allein erleben.

Die Neugeborenenstation war in warmes, gedämpftes Licht getaucht. Das Geräusch von Beatmungsgeräten und sanften Stimmen lag in der Luft.

Dann führte die Schwester sie zu einem winzigen Inkubator.

„Das ist sie."

Lena sah hin und schnappte leise nach Luft.

Das Baby war so klein, dass es fast unwirklich wirkte. Die Haut noch leicht rötlich, das Gesicht kaum größer als ihre Handfläche. Dünne, fast durchsichtige Fingerchen zuckten leicht, während es in seinem warmen Nest lag.

„Wie heißt sie?" flüsterte sie.

Die Schwester sah sie an. „Sie hatte noch keinen Namen. Die Mutter war allein. Es gibt keine Familie, die ihn festlegen kann."

Lena starrte das kleine Wesen vor sich an.

Ein namenloses Kind, das plötzlich in ihr Leben getreten war.

Ihre Kehle schnürte sich zu.

„Darf ich sie berühren?"

Die Schwester nickte. „Ganz sanft. Nur mit einem Finger."

Lena hob die Hand, unsicher, und legte schließlich vorsichtig eine Fingerspitze an die winzige Hand des Mädchens.

Einen Moment lang passierte nichts.

Dann bewegten sich die kleinen Finger und umschlossen sie schwach.

Etwas in Lenas Brust zog sich zusammen.

Sie war nicht bereit für das, was sie fühlte.

Aber zum ersten Mal seit Daniels Tod – seit dem Tod ihres eigenen Kindes – spürte sie, dass sie noch lebte. Dass sie noch eine Aufgabe hatte.

Die Tränen kamen leise, unaufhaltsam.

„Ich werde helfen", flüsterte sie. „Solange sie mich braucht."

Die Schwester legte sanft eine Hand auf ihre Schulter.

Und in diesem Moment wusste Lena, dass sie nicht mehr nur für sich allein kämpfte.

*

Die Entscheidung war gefallen. Lena hatte sich bereit erklärt, ihre Milch für das kleine Mädchen zu spenden – für das namenlose Kind, das zu früh in eine Welt ohne Mutter gekommen war.

Am nächsten Morgen betrat Dr. Meissner erneut ihr Zimmer, diesmal mit einem Stapel Unterlagen. Seine Miene war ernst, aber freundlich.

„Frau Wagner, wir möchten Ihnen eine Möglichkeit anbieten, die Ihnen sowohl körperlich als auch emotional helfen könnte. Es gibt eine Spezialklinik für Milchspenderinnen in Heidelberg, die Frauen wie Ihnen optimale Unterstützung bietet. Dort erhalten Sie medizinische Betreuung, psychologische Begleitung und eine speziell abgestimmte Ernährung, um Ihre Milchproduktion zu fördern."

Lena hob langsam den Blick. „Eine Klinik?"

„Ja", sagte der Arzt sanft. „Es ist kein Krankenhaus im eigentlichen Sinne, sondern eher eine Mischung aus Erholungs- und Versorgungseinrichtung. Sie wären dort mit anderen Frauen zusammen, die sich ebenfalls entschieden haben, Muttermilch zu spenden – für Frühchen, Waisenkinder oder schwer kranke Babys, die diese spezielle Nahrung dringend brauchen."

Lena ließ seine Worte auf sich wirken.

Ein Teil von ihr wollte sich verkriechen, wollte einfach nur in der Dunkelheit bleiben, die sie seit Tagen umfing. Doch ein anderer Teil… ein winziger, kaum hörbarer Teil ihrer selbst… fragte sich, ob dieser Ort ihr vielleicht helfen könnte.

„Wie lange würde ich dortbleiben?"

Dr. Meissner zog die Schultern leicht an. „Das entscheiden Sie. Manche Frauen bleiben ein paar Wochen, manche Monate. Sie erhalten dort die beste Unterstützung – sowohl medizinisch als auch emotional."

Lena schwieg. Sie dachte an ihr totes Kind. An das kleine Mädchen im Inkubator.

An die Möglichkeit, dass sie nicht völlig bedeutungslos war.

„Ich… ich muss nachdenken."

Der Arzt nickte verständnisvoll. „Natürlich. Wir setzen Sie nicht unter Druck. Aber ich empfehle Ihnen, es sich ernsthaft zu überlegen. Ihr Körper braucht jetzt Ruhe, und Ihr Geist vielleicht eine neue Perspektive."

Lena verbrachte den restlichen Tag damit, auf die weißen Krankenhauswände zu starren, während die Worte des Arztes in ihrem Kopf kreisten.

Am Abend kam Tobias zu Besuch. Er brachte ihr frische Kleidung und einen Blick, der ihr sagte, dass er sich Sorgen machte.

„Wie geht's dir?" fragte er vorsichtig.

Lena zuckte mit den Schultern. „Ich weiß es nicht."

Tobias setzte sich auf die Bettkante. „Ich habe gehört, dass sie dir eine Spezialklinik angeboten haben."

Sie nickte. „Ja."

Er schwieg einen Moment, dann fragte er: „Willst du hin?"

Lena biss sich auf die Lippe. „Ich weiß es nicht. Es fühlt sich so an, als würde ich… weglaufen."

Tobias schüttelte den Kopf. „Lena, das ist kein Wegrennen. Es ist eine Möglichkeit, etwas Gutes zu tun. Und vielleicht – nur vielleicht – hilft es dir auch, wieder einen Sinn zu finden."

Sie sah ihn an. In seinen Augen lag kein Mitleid, sondern echte Sorge.

„Du bist nicht allein", sagte er leise.

Lena schluckte.

Nicht allein.

Vielleicht war das der Grund, warum sie am nächsten Morgen zustimmte, in die Spezialklinik verlegt zu werden.

Zwei Tage später fuhr ein Krankenwagen sie nach Heidelberg.

Als sie die Klinik erreichte, fiel ihr als Erstes auf, wie anders sie sich anfühlte als das sterile Krankenhaus. Die Wände waren in warmen Farben gestrichen, es roch nach frischem Tee und etwas Süßlichem, das sie nicht genau benennen konnte.

Eine Schwester begrüßte sie mit einem freundlichen Lächeln. „Willkommen, Frau Wagner. Wir freuen uns, dass Sie hier sind."

Lena nickte nur. Sie wusste nicht, ob sie sich freuen konnte.

Aber sie war hier.

Und vielleicht war das der erste Schritt.

*

Die ersten Tage in der Spezialklinik fühlten sich für Lena unwirklich an. Sie bekam ein gemütliches Zimmer mit einem großen Fenster, durch das die Morgensonne golden hereinfiel. Kein steriles Weiß wie im Krankenhaus – hier waren die Wände in warmen Erdtönen gestrichen, und es roch nach Tee und frischer Wäsche.

Doch trotz der freundlichen Umgebung blieb die Leere in ihr. Der Schmerz war nicht einfach verschwunden.

Die Tage begannen mit sanften Untersuchungen und Gesprächen mit den Ärztinnen. Man überwachte ihre

Milchproduktion, passte ihre Ernährung an, gab ihr körperliche und emotionale Unterstützung. Aber sie sprach nicht viel. Sie wusste nicht, was sie sagen sollte.

Erst als sie eines Morgens im Speisesaal saß, änderte sich etwas.

„Du bist die Neue, oder?"

Lena blickte auf. Vor ihr stand eine Frau, vielleicht Mitte dreißig, mit dunklen Locken und einem herzlichen Lächeln. Ihre Haut war warm gebräunt, ihre Augen funkelten lebendig.

„Ja", sagte Lena leise.

Die Frau setzte sich ihr gegenüber und nahm sich ein Brötchen. „Ich bin Miriam. Ich bin seit fünf Monaten hier."

Lena nickte langsam.

„Und du?" fragte Miriam weiter.

Lena zögerte. „Seit zwei Tagen."

„Aha." Miriam musterte sie kurz, bevor sie grinste. „Du bist eine von denen, die erstmal in sich gekehrt bleiben. Ich kenn das."

Bevor Lena darauf reagieren konnte, setzte sich eine zweite Frau zu ihnen. Sie war jünger, vielleicht in Lenas Alter, mit blonden Haaren, die sie zu einem lockeren Zopf gebunden hatte.

„Ich bin Sophie", sagte sie, während sie ein Stück Apfel in den Mund schob. „Und ich wette, Miriam hat dich schon überfallen, oder?"

Lena musste ungewollt ein kleines Lächeln zeigen.

Miriam zuckte grinsend mit den Schultern. „Jemand muss ja die Stimmung hier auflockern."

Sophie rollte die Augen, bevor sie sich an Lena wandte. „Ich bin seit vier Monaten hier. Meine Tochter kam tot zur Welt."

Lena spürte, wie sich ihr Magen zusammenzog.

Sophie bemerkte es und nickte langsam. „Ja. Ich weiß, wie es ist."

Miriam legte sanft eine Hand auf Lenas Arm. „Wir wissen es beide."

Lena schluckte.

Zum ersten Mal fühlte sie sich nicht allein in ihrem Schmerz.

„Warum bist du hiergeblieben?" fragte sie schließlich.

Sophie sah sie nachdenklich an. „Weil ich nicht wusste, was ich sonst tun soll." Sie zuckte mit den Schultern. „Und weil es mir geholfen hat. Zu wissen, dass ich einem anderen Baby helfen kann. Dass meine Tochter nicht völlig umsonst gestorben ist."

Lena senkte den Blick. Diese Worte trafen tief.

Miriam sah sie aufmunternd an. „Keine Sorge. Du musst nicht sofort stark sein. Wir sind auch noch manchmal ein Chaos. Aber hier hilft man sich gegenseitig."

Lena blinzelte und spürte, wie sich zum ersten Mal seit Wochen etwas Kleines in ihr löste.

Sie war nicht die Einzige, die durch diese Dunkelheit ging.

Und vielleicht – ganz vielleicht – würde sie irgendwann wieder Licht sehen.

*

Lena gewöhnte sich nur langsam an den Alltag in der Spezialklinik. Doch je mehr Tage vergingen, desto mehr merkte sie, dass dieser Ort anders war als jede medizinische Einrichtung, die sie bisher kannte. Hier gab es keinen kalten Klinikalltag, kein steriles Weiß, kein Gefühl, nur eine Patientin zu sein. Hier wurde Fürsorge auf allen Ebenen gelebt – körperlich, emotional und mental.

Der Tag begann nie hektisch. Es gab keine schrillen Wecker oder eiligen Visiten. Stattdessen wurde jede Frau sanft geweckt – entweder durch eine Schwester, die leise anklopfte, oder durch das Licht der aufgehenden Sonne, das durch die großen Fenster fiel.

Lena wachte oft von selbst auf, wenn der Duft von frischem Brot und Tee aus dem Speisesaal heraufzog. Ihr Körper war immer noch schwach, aber hier wurde er nicht zur Eile gezwungen. Sie durfte sich Zeit lassen.

Nach einer warmen Dusche zog sie sich bequeme Kleidung an – keine Krankenhauskittel, sondern weiche Baumwollsachen, die an Spa-Kleidung erinnerten. Alles war auf Komfort ausgelegt.

Das Frühstück wurde in einem gemütlichen, lichtdurchfluteten Raum serviert. Es gab frisches Obst, warme Brötchen, Joghurt, Müsli, Kräutertees – alles nährstoffreich und darauf ausgelegt, die Milchproduktion zu fördern.

Miriam und Sophie warteten meistens schon auf sie. Sie sprachen nicht viel über das, was war, sondern über kleine Dinge: das Wetter, ein Buch, das jemand las, den Geschmack des neuen Tees.

Es waren belanglose Gespräche – aber sie gaben Halt.

Nach dem Frühstück begann der medizinische Teil des Tages. Jede Frau hatte eine individuelle Betreuung, abgestimmt auf ihre Bedürfnisse.

Lena ging zuerst zur Milchpumpe. Der Raum war warm und beruhigend gestaltet, kein steriler Klinikraum, sondern ein Ort, an dem sie sich wohlfühlen sollte. Die Schwestern waren geduldig, halfen ihr, wenn sie Unterstützung brauchte, und stellten sicher, dass alles schmerzfrei verlief.

„Du musst dich nicht unter Druck setzen", sagte eine Schwester sanft, als Lena anfangs nur wenig Milch produzierte. „Dein Körper braucht Zeit. Er hat viel durchgemacht."

Nach der Spende wurde die Milch sofort untersucht und gekühlt, bevor sie zu den Frühchen auf die Neugeborenenstation gebracht wurde.

Danach folgte eine sanfte medizinische Untersuchung. Keine harten Fragen, kein unnötiges Drängen – nur eine einfühlsame Ärztin, die nach ihrem Wohlbefinden fragte, ihren Kreislauf überprüfte und darauf achtete, dass ihr Körper sich langsam erholte.

Falls nötig, gab es spezielle Massagen zur Unterstützung der Milchproduktion oder sanfte Physiotherapie für den beanspruchten Körper.

Das Mittagessen war eine ruhige, gemeinschaftliche Angelegenheit. Hier wurde niemand zum Reden gezwungen, aber es gab immer jemanden, der zuhörte.

Es gab nahrhafte, frisch gekochte Speisen – leichte Suppen, gedünstetes Gemüse, sättigende Proteine. Alles war darauf ausgelegt, die Frauen zu stärken, ohne zu belasten.

Nach dem Essen konnten sie entscheiden, ob sie sich eine Ruhepause gönnen wollten oder an einem der psychologischen Angebote teilnehmen wollten.

Es gab Einzelgespräche mit erfahrenen Therapeutinnen, aber auch Gruppensitzungen, in denen die

Frauen sich austauschen konnten. Manche malten oder schrieben ihre Gedanken auf, andere machten Atemübungen oder sanftes Yoga.

Lena hatte lange gezögert, an einer Sitzung teilzunehmen. Doch eines Tages setzte sie sich zu Miriam und Sophie in einen Kreis aus Frauen, die alle den gleichen Schmerz kannten.

„Manchmal hilft es, einfach nur hier zu sein", sagte eine ältere Frau sanft.

Und es stimmte.

Die Nachmittage gehörten den Frauen selbst. Sie konnten Spaziergänge auf dem großen Klinikgelände machen, wo kleine Gärten zum Verweilen einluden. Es gab eine kleine Bibliothek mit Büchern über Trauer, Heilung und Neuanfang.

Lena begann langsam wieder zu lesen. Manchmal nur ein paar Seiten, aber es war ein Anfang.

Es gab Kunst- und Handwerkskurse, Aromatherapien oder entspannende Musikräume, in denen sie sich zurückziehen konnten.

Und es gab das Babyzimmer.

Ein Raum, in dem einige der Frühchen, die ihre Milch bekamen, lagen – für die Frauen, die bereit waren, sie zu sehen. Niemand wurde gezwungen. Aber für manche war es heilsam.

Lena stand oft vor der Tür und traute sich nicht hinein. Doch irgendwann wusste sie, dass sie es tun würde.

Das Abendessen war leicht, eine warme Suppe, ein Tee, etwas Brot. Danach gab es Zeit für sich selbst.

Viele Frauen schrieben Tagebuch oder nahmen ein Bad in der kleinen Entspannungszone der Klinik. Es gab keinen Fernseher, kein grelles Licht, keine Ablenkung durch laute Geräusche.

Hier ging es darum, die eigenen Gedanken auszuhalten – aber nicht allein.

Die Schwestern gingen abends durch die Zimmer, um sich zu vergewissern, dass jede Frau sich gut fühlte. Falls jemand nicht schlafen konnte, gab es warme Milch mit Honig oder Kräuterbäder, und eine Schwester blieb so lange, bis diejenige sich beruhigt hatte.

Lena lag oft lange wach, blickte aus dem Fenster in die Sterne.

Sie wusste nicht, ob sie jemals vollständig heilen würde.

Aber sie wusste, dass sie hier nicht allein war.

Und vielleicht – ganz vielleicht – war das der erste Schritt.

*

Es war ein sonniger Morgen, als Lena im Speisesaal saß und mit Sophie und Miriam frühstückte. Sie hatte sich inzwischen an den Rhythmus des Klinikalltags gewöhnt – an das sanfte Aufwachen, die täglichen Milchspenden, die Gespräche mit den Frauen, die denselben Schmerz kannten. Es war noch immer schwer, noch immer fühlte sie die Leere in sich, doch sie begann, sich ein wenig leichter zu fühlen.

Gerade hatte sie ihren Tee eingeschenkt, als eine Schwester zu ihr trat.

„Frau Wagner?"

Lena sah auf. „Ja?"

Die Schwester lächelte freundlich und legte einen schlichten weißen Umschlag vor ihr auf den Tisch.

„Das ist für Sie."

Lena runzelte die Stirn. „Was ist das?"

„Ihre erste Entschädigung für die Milchspende", erklärte die Schwester. „Für den vergangenen Monat."

Lena blinzelte. Sie hatte nicht einmal darüber nachgedacht, dass ihre Milchspende eine finanzielle Vergütung mit sich bringen könnte. Mit leicht zitternden Fingern öffnete sie den Umschlag und zog einen Scheck heraus.

Die Zahl darauf ließ sie den Atem anhalten.

„Das ist… eine Menge Geld."

Miriam grinste über ihren Teller hinweg. „Ja, willkommen im Club."

Lena sah auf, noch immer verwirrt. „Ich dachte, das wäre eine freiwillige Spende."

„Ist es auch", sagte Sophie und trank einen Schluck Kaffee. „Aber du musst bedenken, dass Muttermilch extrem wertvoll ist – besonders für Frühchen und kranke Babys. Kliniken und Spenderbanken zahlen eine ordentliche Entschädigung für gesunde Spenderinnen."

Miriam nickte. „Die meisten von uns finanzieren sich so komplett. Manche bleiben ein paar Monate, manche Jahre. Ich bin jetzt im fünften Monat hier, und ich hab in meinem Leben noch nie so entspannt Geld verdient."

Lena ließ den Scheck sinken. „Das bedeutet, ihr lebt… von der Milchspende?"

Sophie zuckte mit den Schultern. „Es ist ehrliche Arbeit. Und ganz ehrlich? Ich finde es schöner, mit meinem Körper etwas Gutes zu tun, als mich in irgendeinen stressigen Job zu quälen, für den ich gerade sowieso nicht bereit bin."

Miriam grinste. „Und wenn man es klug macht, kann man sogar richtig gut davon leben. Manche von uns sparen, manche gönnen sich ein bisschen was. Ich zum

Beispiel hab mir letzte Woche eine Massage und ein paar neue Klamotten bestellt."

Lena sah die beiden Frauen an, als würde sie sie zum ersten Mal richtig wahrnehmen. Sie wirkten… entspannt. Nicht wie Frauen, die in Trauer versunken waren, sondern wie Menschen, die einen neuen Weg gefunden hatten.

„Und du?" fragte Miriam mit einem neugierigen Blick. „Was wirst du mit deinem ersten Scheck machen?"

Lena starrte auf das Papier in ihrer Hand.

Ihr altes Leben war in Trümmern. Sie hatte kein Zuhause mehr, keinen Job, keinen Plan. Doch hier war etwas, das ihr Halt gab – und das sogar finanzielle Sicherheit bot.

Langsam, fast zögernd, begann sie zu lächeln.

„Ich weiß es noch nicht", sagte sie ehrlich. „Aber vielleicht gönne ich mir auch mal wieder etwas Schönes."

Sophie stieß ihr spielerisch den Ellenbogen in die Seite. „Das ist die richtige Einstellung."

Miriam hob ihren Teebecher. „Willkommen in deinem neuen Leben, Lena."

Lena atmete tief ein.

Vielleicht war das hier wirklich ein Anfang.

*

Lena hätte nie gedacht, dass sie sich an einem Ort wie diesem wiederfinden würde. Die Spezialklinik war kein typisches Krankenhaus – sie war eine in sich geschlossene Welt. Ein Ort, der alles bot, was die Frauen brauchten, aber gleichzeitig streng abgeschottet war.

Von Anfang an hatte man ihr erklärt, dass das Gelände nicht verlassen werden durfte. Auch Besuche von außen waren nicht gestattet.

„Zu eurem Schutz", hatte eine der leitenden Ärztinnen gesagt. „Hier sollt ihr euch erholen, ohne äußere Ablenkungen oder Stress. Wir haben alles, was ihr braucht."

Und tatsächlich: Die Klinik war mehr als nur ein medizinisches Zentrum – sie war eine kleine, perfekt funktionierende Stadt.

Das Gelände war weitläufig, umgeben von einer hohen, aber geschmackvoll gestalteten Mauer aus Naturstein, die sich fast nahtlos in die Landschaft einfügte. Niemand konnte ohne Erlaubnis hinein oder hinaus.

Es gab gepflegte Wege, blühende Gärten, eine kleine Parkanlage mit Springbrunnen und sogar einen künstlich angelegten Teich, an dessen Rand Holzbänke standen.

Die Frauen lebten in hellen, gemütlichen Wohntrakten, die eher an ein Wellness-Resort erinnerten als an eine Klinik. Jedes Zimmer hatte ein eigenes Bad, große Fenster mit Blick ins Grüne und eine Sitzecke.

Die Mahlzeiten wurden in einem großen Speisesaal serviert, der eher wie ein stilvolles Café wirkte. Es gab eine offene Küche mit gesunden, frisch zubereiteten Gerichten – alles auf die Bedürfnisse der Spenderinnen abgestimmt.

Jeder Tag folgte einem strukturierten, aber dennoch flexiblen Ablauf. Neben den Milchspenden, medizinischen Untersuchungen und therapeutischen Angeboten gab es eine Vielzahl an Freizeitmöglichkeiten:

- **Fitnessbereich & Yoga-Studio:** Ein lichtdurchfluteter Raum mit hochwertigen Geräten und Matten für sanfte Bewegung.

- **Bibliothek:** Voller Bücher über Heilung, Neuanfang und Lebensgeschichten von Frauen, die Ähnliches durchgemacht hatten.

- **Atelier & Kreativräume:** Zum Malen, Schreiben oder für Handwerksarbeiten. Viele Frauen fanden hier einen Ausdruck für ihre Trauer.

- **Wellnessbereich:** Ein kleines, aber luxuriöses Spa mit Massagen, Aromatherapie und warmen Bädern zur Entspannung.

- **Gärten & Gewächshäuser:** Frauen, die gerne mit Pflanzen arbeiteten, konnten sich hier um Kräuter, Blumen oder Gemüse kümmern.

Es gab keine klassischen Ärzte mit weißen Kitteln, die durch sterile Gänge eilten – die Mitarbeiterinnen und Mitarbeiter waren diskret, freundlich und wirkten mehr wie Begleiter auf dem Weg der Heilung als medizinisches Personal.

Lena hatte anfangs nicht darüber nachgedacht, aber nach ein paar Wochen begann sie zu hinterfragen, warum die Klinik so isoliert war.

„Haben dich deine Freunde oder Familie nicht versucht zu kontaktieren?" fragte sie eines Abends Sophie, als sie gemeinsam auf einer der Terrassen saßen.

Sophie schüttelte den Kopf. „Nein. Ich habe am Anfang Briefe geschrieben, aber sie wurden nicht beantwortet. Ich glaube, die Klinik gibt keine Kontaktdaten raus."

„Warum nicht?" Lena runzelte die Stirn.

„Weil sie wollen, dass wir uns hier komplett auf unsere Heilung konzentrieren", warf Miriam ein. Sie klang nicht beunruhigt, sondern eher überzeugt. „Draußen würden uns nur alte Erinnerungen zurückziehen. Hier drinnen sind wir geschützt."

Lena schwieg. War das wirklich Schutz? Oder war es Kontrolle?

Sie wusste es nicht. Aber sie wusste, dass sie hier zum ersten Mal seit Daniels Tod wieder das Gefühl hatte, einen Platz zu haben.

Ob das genug war, würde sich noch zeigen.

*

Die Monate vergingen in einer seltsamen Mischung aus Routine, Harmonie und zeitlosem Schweben. Lena hatte sich längst an das Leben innerhalb der Klinikstadt gewöhnt. Sie hatte ihre Zweifel zur Seite geschoben – oder sie tief in sich vergraben.

Jeder Tag verlief ähnlich: Aufstehen mit den ersten Sonnenstrahlen, ein nährstoffreiches Frühstück mit Miriam und Sophie, dann der Gang zur Milchabgabe. Die Spende war längst nicht mehr unangenehm – ihr Körper hatte sich daran gewöhnt, genau wie ihr Geist.

Nach der Spende kamen die medizinischen Untersuchungen, dann das Mittagessen, gefolgt von Freizeit: Malen im Atelier, Spaziergänge durch den Garten, ein Buch in der Bibliothek.

Sie fühlte sich sicher. Umgeben von Frauen, die verstanden, wie es war, alles zu verlieren.

Und so vergingen die Tage, einer nach dem anderen, in scheinbar endloser Ruhe.

Doch eines Morgens, als sie zur Spende ging, merkte Lena, dass etwas nicht stimmte.

Die Milch floss langsamer als sonst.

Die Maschine brummte leise, die Schwestern blieben ruhig und freundlich – aber Lena spürte es sofort. Es war nicht wie sonst.

Vielleicht war es nur ein schlechter Tag, dachte sie sich. Vielleicht war sie einfach müde.

Aber es blieb so.

Tag für Tag wurde es weniger.

Nach drei Wochen rief man sie zu einem Gespräch mit einer der leitenden Ärztinnen.

„Frau Wagner", begann die Frau sanft. „Wir haben festgestellt, dass Ihre Milchproduktion stark zurückgegangen ist. Das ist nicht ungewöhnlich – viele Frauen erleben nach einigen Monaten einen natürlichen Rückgang."

Lena spürte, wie sich ein Knoten in ihrer Brust bildete. „Aber… ich kann doch was dagegen tun, oder? Ich kann meine Ernährung anpassen, mehr trinken, anders pumpen…"

Die Ärztin lächelte mild. „Wir werden alles versuchen, um Ihre Produktion zu unterstützen. Aber manchmal ist es ein Zeichen des Körpers, dass er sich verändert. Dass es an der Zeit ist, sich auf das nächste Kapitel vorzubereiten."

Das nächste Kapitel.

Lena spürte Panik in sich aufsteigen. Sie hatte sich an dieses Leben gewöhnt. An die Sicherheit, an die Harmonie.

„Und wenn ich nicht bereit bin zu gehen?" fragte sie leise.

Die Ärztin musterte sie mit warmem, aber entschlossenem Blick. „Niemand wird Sie zwingen. Aber wir müssen realistisch sein. Wenn Ihr Körper keine Milch mehr produziert, gibt es keinen Grund, weiter als Spenderin hierzubleiben."

Lena wollte protestieren. Doch tief in ihrem Inneren wusste sie, dass es stimmte.

Ihr Körper ließ los.

Vielleicht war es Zeit, dass sie das auch tat.

*

Lena konnte nicht aufhören, darüber nachzudenken. Ihr Körper ließ sie im Stich. Die Milch wurde weniger, und mit jedem Tropfen, den sie verlor, fühlte sie sich überflüssiger.

Was würde passieren, wenn sie nicht mehr spenden konnte? Wohin sollte sie gehen?

Sie saß mit Miriam und Sophie im Garten der Klinik, die Hände um eine dampfende Tasse Tee gelegt. Das Licht der Abendsonne tauchte die Mauern in ein sanftes Gold. Doch in Lena war nur Unruhe.

Miriam bemerkte es sofort.

„Was ist los?" fragte sie.

Lena seufzte. „Meine Milchproduktion geht zurück. Die Ärztin hat gesagt, dass es normal ist, aber… ich habe Angst."

Miriam nickte, als hätte sie genau mit dieser Reaktion gerechnet. Dann lehnte sie sich leicht nach vorne.

„Du weißt, dass es eine andere Möglichkeit gibt, hier zu bleiben, oder?"

Lena runzelte die Stirn. „Welche Möglichkeit?"

Miriam warf einen Blick auf Sophie, die wissend grinste, bevor sie weitersprach.

„Künstliche Befruchtung."

Lena spürte, wie ihr Herzschlag kurz aussetzte. „Was?"

„Du könntest wieder schwanger werden", erklärte Miriam ruhig. „Aber nicht mit deinem eigenen Kind – als Leihmutter. Die Klinik arbeitet mit bestimmten Programmen zusammen. Wenn du dich dafür entscheidest, bekommst du eine künstliche Befruchtung mit einem Embryo von Eltern, die keine eigene Schwangerschaft austragen können."

Lena starrte sie an.

„Du meinst, ich würde ein Kind austragen… für jemand anderen?"

Miriam nickte. „Genau. Und die Entschädigung ist nicht nur ein Monatsgehalt wie bei der Milchspende – du bekommst eine komplette Jahreszahlung. Genug, um dir später ein neues Leben aufzubauen, wenn du willst. Oder um danach wieder als Milchspenderin hier weiterzuarbeiten."

Lena konnte nicht glauben, was sie da hörte.

„Warte… du meinst, ich könnte wieder schwanger sein, ein Baby austragen – und dann einfach hierbleiben und weiter Milch spenden?"

„Ja", sagte Sophie sanft. „Viele Frauen machen es so. Manche nur einmal, andere mehrfach. Es ist eine sichere, medizinisch begleitete Schwangerschaft, und sobald das Baby geboren ist, wird es direkt an die Eltern übergeben. Danach kannst du wieder spenden – mit voller Milchproduktion."

Lena fühlte sich schwindelig.

Eine Schwangerschaft.

Sie erinnerte sich an die letzten Monate ihrer eigenen. An die Liebe, die sie für ihr Kind empfunden hatte. An den Schmerz, es zu verlieren.

„Ich weiß nicht…" flüsterte sie.

Miriam legte eine Hand auf ihre. „Du musst nichts überstürzen. Aber wenn du hierbleiben willst, ist es eine Möglichkeit. Und du hilfst damit Menschen, die sonst nie ein Kind bekommen könnten."

Lena atmete tief durch.

War das wirklich der Weg, den sie gehen wollte?

Oder war es nur ein weiterer Versuch, sich an diesem geschützten Ort festzuhalten?

Sie wusste es nicht.

Aber sie wusste, dass sie darüber nachdenken würde.

*

Lena konnte in dieser Nacht nicht schlafen. Miriams Worte hallten in ihrem Kopf wider.

Eine Schwangerschaft.

Ein fremdes Kind in sich tragen.

Eine neue Chance – oder einfach nur ein Weg, nicht wieder ins Nichts zu fallen?

Sie lag im Dunkeln auf ihrem Bett, spürte die Stille um sich herum und legte instinktiv eine Hand auf ihren Bauch. Er war flach, leer. Kein Leben mehr in ihr.

Aber könnte es das wieder sein?

Am nächsten Morgen ging sie wie immer zum Frühstück, doch ihr Appetit war gering. Miriam und Sophie schienen ihr Zeit zu lassen, bis Miriam schließlich leise fragte:

„Und? Denkst du darüber nach?"

Lena seufzte und legte ihre Teetasse ab. „Ich weiß nicht. Ich verstehe es nicht ganz. Warum machen so viele Frauen das hier? Ist es wirklich nur das Geld?"

Miriam schüttelte den Kopf. „Für manche ja. Aber für viele ist es mehr. Es gibt Frauen, die nie Mutter werden können, aus medizinischen Gründen. Sie sehnen sich nach einem Kind, aber ihr Körper gibt ihnen diese Möglichkeit nicht. Wir geben ihnen das, was sie sich am meisten wünschen."

Sophie nickte. „Und es ist sicher. Du wirst hier rund um die Uhr medizinisch betreut, bekommst die beste Versorgung, die du dir vorstellen kannst. Keine stressigen Arztbesuche draußen, keine finanziellen Sorgen. Du kannst dich ganz auf die Schwangerschaft konzentrieren."

Lena schnaubte leise. „Und dann? Man bringt das Kind zur Welt und… gibt es einfach weg?"

„Ja", sagte Miriam sanft. „Aber es ist nie deins gewesen. Es hat dein Blut, aber nicht deine DNA. Du bist die Brücke – nicht die Mutter."

Lena schluckte.

„Und danach?" fragte sie leise.

Sophie zuckte mit den Schultern. „Dann kommt das Baby zu seinen Eltern. Und du bekommst ein Jahr lang finanziellen Ausgleich. Wenn du willst, kannst du danach noch eine weitere Schwangerschaft machen oder direkt mit dem Spenden weitermachen. Du wärst nicht die Erste."

Lena rieb sich müde die Schläfen.

Ein Jahr Sicherheit. Ein Leben, in dem sie weiterhin hierbleiben konnte.

Ein neuer Sinn.

Aber war sie wirklich bereit, ein Kind auszutragen – wissend, dass sie es nie behalten würde?

Sie dachte an ihr eigenes Kind. Daran, wie sehr sie es sich gewünscht hatte.

Und dann dachte sie an all die Frauen da draußen, die nie diese Möglichkeit hatten.

„Wie würde es ablaufen?" fragte sie schließlich.

Miriam und Sophie tauschten einen schnellen Blick aus, bevor Miriam antwortete.

„Du würdest mit einer Ärztin sprechen. Sie würden dich auf die Warteliste setzen und passende Eltern für dich finden. Sobald es soweit ist, beginnt die künstliche Befruchtung. Und wenn es klappt… bist du schwanger."

Lena kaute auf ihrer Lippe.

Es war verrückt.

Aber war es verrückter, als alles, was sie bisher durchgemacht hatte?

„Ich will mit der Ärztin sprechen", sagte sie schließlich leise.

Miriam lächelte. „Dann machen wir einen Termin."

Und so war der erste Schritt getan.

*

Lena saß im Büro von Dr. Meissner, der ihr gegenüber in einem bequemen Sessel saß und sie ruhig musterte. Das Zimmer war warm eingerichtet, nichts erinnerte an eine klassische Klinik. An den Wänden hingen beruhigende Landschaftsbilder, auf dem Tisch stand eine Kanne mit Kräutertee.

„Miriam sagte mir, dass Sie Interesse haben, sich als Leihmutter zu registrieren", begann er sanft.

Lena schluckte und nickte langsam. „Ich… ich weiß es noch nicht genau. Ich will es verstehen. Wie das alles abläuft."

Der Arzt nickte verständnisvoll. „Das ist eine große Entscheidung, und wir drängen niemanden. Ich erkläre Ihnen gerne alles in Ruhe."

Er lehnte sich leicht nach vorne und faltete die Hände.

„Leihmutterschaft ist hier eine sehr strukturierte und medizinisch streng überwachte Angelegenheit. Wenn Sie sich dafür entscheiden, beginnt zunächst eine umfassende Untersuchung – sowohl körperlich als auch psychologisch. Wir müssen sicherstellen, dass Sie gesundheitlich in der Lage sind, eine Schwangerschaft zu tragen, und dass Sie emotional damit umgehen können."

Lena nahm einen tiefen Atemzug. „Und wenn ich diese Untersuchung bestehe?"

Dr. Meissner lächelte leicht. „Dann würden wir passende Eltern für Sie suchen. Es gibt eine Liste von Paaren, die sich seit Jahren ein Kind wünschen und bereit sind, mit einer Leihmutter zusammenzuarbeiten. Wir sorgen dafür, dass es eine gute Übereinstimmung gibt – niemand wird gezwungen, mit Eltern zusammenzuarbeiten, mit denen er sich nicht wohlfühlt."

„Und dann?"

„Dann folgt die künstliche Befruchtung. Der Embryo, der aus den Eizellen der genetischen Mutter und dem Sperma des genetischen Vaters entstanden ist, wird in Ihre Gebärmutter eingesetzt. Wenn alles gut geht, beginnt Ihre Schwangerschaft."

Lena fuhr sich mit den Fingern durchs Haar. Es klang so… technisch. So anders als ihre erste Schwangerschaft, die voller Liebe gewesen war.

„Wie fühlt es sich an?" fragte sie leise.

Dr. Meissner hielt ihrem Blick stand. „Jede Frau erlebt es anders. Manche spüren von Anfang an eine starke Verbindung zum Baby, andere sehen es als eine rein körperliche Aufgabe. Wichtig ist, dass Sie sich von Anfang an bewusst machen, dass dieses Kind nicht Ihres ist."

Lena schloss kurz die Augen.

„Und nach der Geburt?"

„Nach der Geburt geht das Baby direkt zu seinen Eltern. Sie werden gut darauf vorbereitet, es gibt psychologische Unterstützung, und viele Frauen finden Trost in dem Wissen, dass sie einer Familie das größte Geschenk gemacht haben."

Sie schwieg einen Moment, bevor sie fragte: „Und die Entschädigung?"

Dr. Meissner nickte. „Sie erhalten ein volles Jahresgehalt. Dieses Geld ist steuerfrei und reicht für viele Frauen aus, um sich danach eine neue Zukunft aufzubauen. Manche entscheiden sich, noch einmal als Leihmutter zu arbeiten oder weiterhin Muttermilch zu spenden."

Lena lehnte sich zurück. Ihre Gedanken überschlugen sich.

Ein Jahr Sicherheit.

Ein Zuhause, in dem sie bleiben konnte.

Eine Aufgabe.

Aber konnte sie das?

Sie erinnerte sich an den leeren Schmerz nach ihrer eigenen Geburt. An die Stille in ihrem Bauch, als ihr Kind nicht mehr lebte.

Dieses Kind würde leben. Es würde eine Familie haben.

Und vielleicht, dachte sie, würde es sich weniger nach einem Verlust anfühlen – und mehr nach einem Geschenk.

„Ich will die Untersuchungen machen", sagte sie schließlich leise.

Dr. Meissner nickte sanft. „Dann kümmern wir uns darum. Und wenn Sie sich jederzeit umentscheiden, ist das in Ordnung."

Lena wusste, dass er es ernst meinte.

Aber tief in ihrem Inneren hatte sie das Gefühl, dass sie bereits eine Entscheidung getroffen hatte.

*

Die folgenden Wochen fühlten sich für Lena an wie eine Reise, die sie sich nie hätte vorstellen können. Die medizinischen Untersuchungen waren umfangreich – Bluttests, Hormonanalysen, Ultraschalluntersuchungen, psychologische Gespräche.

Die Ärzte wollten sicherstellen, dass sie physisch und emotional stabil genug war, eine Schwangerschaft auszutragen. Und obwohl sie immer wieder betonten, dass sie jederzeit aussteigen konnte, spürte sie mit jeder Untersuchung, dass sie diesen Weg wirklich gehen wollte.

Sie hatte nichts mehr zu verlieren.

Und vielleicht – ganz vielleicht – konnte sie durch diesen Prozess etwas zurückgewinnen.

Als die Ergebnisse ihrer Untersuchungen vorlagen, wurde ihr ein Profil mit potenziellen Eltern gegeben. Es war kein anonymer Prozess – die Klinik legte großen Wert darauf, dass sowohl die Leihmutter als auch die Eltern sich wohlfühlten.

Lena saß in einem hellen Besprechungsraum, als eine Beraterin ihr eine Mappe vorlegte.

„Wir haben ein Paar gefunden, das gut zu Ihnen passen könnte", sagte die Frau mit ruhiger Stimme.

Lena öffnete die Mappe und sah das Foto eines Mannes und einer Frau. Sie wirkten glücklich, aber ihre Augen hatten eine Tiefe, die nur Menschen haben, die lange auf etwas warten mussten.

„Sie sind seit zehn Jahren verheiratet", erklärte die Beraterin. „Sie haben mehrere erfolglose IVF-Behandlungen hinter sich. Die genetische Mutter kann aus gesundheitlichen Gründen keine Schwangerschaft austragen."

Lena betrachtete das Bild. Dann las sie ihre Geschichte.

Ein Teil von ihr verstand ihren Schmerz. Das Hoffen, das Warten – und das Verlieren.

Sie wusste nicht, ob sie jemals wieder Mutter sein wollte. Aber vielleicht konnte sie für diese Menschen tun, was für sie niemand mehr tun konnte.

„Ich will sie kennenlernen", sagte sie schließlich.

Ein paar Tage später saß sie in einem gemütlichen Raum, der bewusst nicht nach Klinik, sondern nach einem Wohnzimmer aussah. Ihr Herz schlug schneller als sonst.

Dann öffnete sich die Tür, und das Paar trat ein.

Die Frau – Anna – hatte sanfte, dunkle Augen, die sich sofort mit Tränen füllten, als sie Lena ansah.

„Danke, dass Sie sich mit uns treffen", sagte sie mit leiser Stimme.

Der Mann – David – wirkte etwas zurückhaltender, aber er hielt Annas Hand, als wäre sie das Kostbarste auf der Welt.

Lena wusste nicht, was sie sagen sollte.

Also sagte sie einfach die Wahrheit:

„Ich habe mein eigenes Kind verloren."

Anna sog hörbar die Luft ein.

„Es gibt nichts, was dieses Loch füllen kann", fuhr Lena fort. „Aber vielleicht kann ich jemand anderem helfen, das zu bekommen, was mir genommen wurde."

Anna legte eine Hand auf ihre Brust. Ihre Lippen bebten, aber sie lächelte.

David räusperte sich. „Sie haben keine Ahnung, was uns das bedeutet."

Lena wusste, dass es nicht stimmte. Sie wusste es genau.

Und in diesem Moment war sie sich sicher:

Sie würde dieses Kind für sie austragen.

Ein paar Wochen später begann der medizinische Prozess.

Lena bekam hormonelle Behandlungen, um ihren Körper optimal auf die Einnistung des Embryos vorzubereiten. Es war nicht immer leicht – ihr Körper reagierte mit Müdigkeit und Stimmungsschwankungen. Aber die Klinik kümmerte sich um alles, gab ihr spezielle Nahrung, Massagen und emotionale Unterstützung.

Dann kam der Tag des Embryotransfers.

Sie lag auf einer weichen Liege, während die Ärzte ihr erklärten, dass es schnell und schmerzlos sein würde.

„Das ist der Moment, in dem neues Leben entsteht", sagte eine der Ärztinnen mit einem Lächeln.

Lena sah auf den Bildschirm, wo sie beobachten konnte, wie der winzige Embryo in ihre Gebärmutter eingesetzt wurde.

Es war surreal.

Es war nicht ihr Kind.

Aber für neun Monate würde ihr Körper sein Zuhause sein.

Als der Eingriff vorbei war, blieb sie noch eine Weile liegen, während ihr Herz langsam zur Ruhe kam.

Anna und David saßen draußen im Wartebereich. Als sie rauskam, stand Anna auf, Tränen in den Augen.

„Jetzt beginnt alles", flüsterte sie.

Lena legte eine Hand auf ihren Bauch.

Ja.

Jetzt begann alles.

*

Die ersten Wochen nach der künstlichen Befruchtung fühlten sich für Lena an wie ein seltsamer Schwebezustand. Sie wusste, dass der Embryo in ihr war, dass er wachsen sollte – aber ob er sich wirklich einnisten würde, das wusste niemand.

Die Klinik behandelte sie mit maximaler Fürsorge. Sie musste keine schweren Arbeiten verrichten, bekam spezielle Nahrung, die ihre Hormonbalance unterstützte, und wurde engmaschig überwacht.

Doch das Warten war schwer.

Sie hatte Angst. Angst, dass es nicht funktionieren würde. Angst, dass es funktionieren würde.

Zwei Wochen nach dem Eingriff saß sie mit Miriam und Sophie im Garten, als eine Schwester zu ihr kam.

„Lena? Die Ärztin möchte Sie sehen."

Lena legte ihren Tee ab, ihr Herz klopfte.

„Das ist es", murmelte Sophie mit einem Lächeln. „Der Test."

Miriam legte eine Hand auf ihre Schulter. „Was auch immer passiert – du bist nicht allein."

Lena nickte stumm und folgte der Schwester ins Untersuchungszimmer.

Dr. Meissner erwartete sie bereits mit einem Ultraschallgerät.

„Sind Sie bereit?" fragte er mit sanfter Stimme.

Lena schluckte und nickte.

Sie legte sich auf die Liege, hob ihr Shirt an, während der Arzt das kalte Gel auf ihren Bauch auftrug.

Dann bewegte er den Schallkopf über ihre Haut.

Sekunden vergingen.

Dann ein leises, rhythmisches Pochen.

Lena hielt den Atem an.

„Da ist es", sagte Dr. Meissner mit einem Lächeln. „Ein Herzschlag."

Tränen stiegen ihr in die Augen.

Es war echt. Es war wirklich da.

Ein Kind wuchs in ihr.

Nicht ihr Kind – aber ein Kind.

Die nächsten Monate vergingen in einer seltsamen Mischung aus Routine und Wunder.

Lenas Bauch begann zu wachsen. Zuerst kaum merklich, dann immer deutlicher. Die ersten Bewegungen fühlten sich an wie ein leises Flattern, dann wurde es stärker.

Anna und David besuchten sie regelmäßig. Sie brachten ihr kleine Geschenke – Bücher, Tee, bequeme Kleidung. Aber vor allem brachten sie Dankbarkeit.

„Darf ich fühlen?" fragte Anna eines Tages schüchtern, als sie neben Lena saß.

Lena nahm ihre Hand und legte sie auf ihren Bauch.

In diesem Moment trat das Baby gegen ihre Handfläche.

Anna keuchte auf, ihre Augen füllten sich mit Tränen.

Lena lächelte schwach. „Da ist es."

David legte seine Hand sanft auf Annas Schulter.

„Es ist ein Wunder", flüsterte sie.

Und Lena konnte dem nicht widersprechen.

Als die Monate vergingen, wurde Lena immer mehr in das Leben der Klinik integriert. Sie musste nichts tun außer gesund bleiben, sich bewegen, gut essen.

Doch in ihrem Kopf arbeitete es.

Sie dachte an die Zeit nach der Geburt. An das leere Gefühl, das sie erwarten könnte.

„Es wird anders sein als beim letzten Mal", sagte Sophie eines Abends, als sie mit ihr auf einer der Terrassen saß.

„Wieso?"

„Weil du dieses Kind nicht verlierst. Du gibst es jemandem, der es liebt. Es wird leben."

Lena schluckte schwer.

„Und danach kannst du weitermachen. Du kannst Milch spenden. Du kannst bleiben."

Miriam setzte sich dazu. „Viele von uns machen das. Ein Jahr Schwangerschaft, dann wieder Spenden. Es ist ein Kreislauf. Und für viele der sicherste, schönste Weg."

Lena wusste, dass sie recht hatten.

Und als sie eines Abends auf ihrem Bett lag, eine Hand auf ihrem gewölbten Bauch, spürte sie zum ersten Mal seit langem keine Angst mehr.

Sie wusste, was sie zu tun hatte.

Sie würde dieses Kind zur Welt bringen.

Und dann würde sie bleiben.

*

Lena hatte sich an ihr neues Leben als werdende Leihmutter gewöhnt. Ihr Bauch wuchs sichtbar, und mit jeder Woche wurde das Baby in ihr aktiver. Die Klinik kümmerte sich um alles – medizinische Untersuchungen, Ernährung, Bewegung. Sie hatte keine Sorgen, keine Verpflichtungen, außer für dieses kleine Leben in ihr zu sorgen.

Anna und David besuchten sie regelmäßig. Ihre Augen leuchteten, wenn sie über Namen sprachen, wenn sie das Ultraschallbild betrachteten, wenn sie Lenas wachsenden Bauch sahen.

„Wir können es kaum erwarten", sagte Anna eines Tages, als sie auf einer der Bänke im Klinikgarten saßen.

Lena spürte, dass es ihr ähnlich ging – auf eine andere Weise.

Sie wartete auf den Moment, in dem sie das Kind zur Welt bringen würde.

Und sie wartete auf das Danach.

Denn sie wusste, dass es nicht enden würde.

Eines Nachmittags, als sie im Speisesaal saß, kam Miriam mit einem Stapel Papiere zu ihr.

„Du solltest das mal lesen", sagte sie, während sie eine Mappe vor Lena legte.

„Was ist das?"

„Dein nächster Schritt."

Lena öffnete die Mappe. Es war eine detaillierte Übersicht über das Milchspende-Programm für Frauen nach der Geburt.

„Wenn du willst, kannst du direkt nach der Entbindung weitermachen", erklärte Miriam. „Du bekommst eine spezielle Ernährung, Hormone zur Milchförderung – dein Körper wird darauf vorbereitet, dass du nicht nur für ein Baby, sondern für viele spenden kannst."

Lena sah auf die Dokumente.

Maximale Milchproduktion. Monatliche Entschädigung. Medizinische Rundumversorgung.

Sie wusste, dass das nicht nur ein Angebot war.

Es war ihr Weg.

„Und du?" fragte sie Miriam.

Miriam lehnte sich zurück und legte eine Hand auf ihren eigenen Bauch. „Ich bin wieder schwanger. Mein zweites Mal. Danach werde ich auch wieder spenden."

Lena spürte ein Kribbeln in ihrem Körper.

Es war wirklich ein Kreislauf.

Die letzten Wochen waren eine Mischung aus Ungeduld und innerer Ruhe. Ihr Bauch war groß, schwer, das Baby trat kräftig.

Die Klinik ließ sie jeden Tag sanfte Yoga-Übungen machen, gab ihr warme Bäder, sorgte dafür, dass sie sich wohlfühlte.

Anna und David waren mittlerweile fast täglich da. Sie hatten bereits alles vorbereitet – das Kinderzimmer, die Erstausstattung, den Namen.

„Wir haben uns entschieden", sagte Anna eines Tages mit Tränen in den Augen.

„Für was?"

„Wir wollen sie **Lina** nennen. Nach dir."

Lena spürte, wie ihre Kehle eng wurde.

„Ihr müsst das nicht…"

„Doch", sagte David sanft. „Du hast sie getragen. Du hast ihr Leben geschenkt."

Lena konnte nicht antworten. Sie konnte nur nicken.

Und dann kam der Tag, an dem alles begann.

Mitten in der Nacht wurde sie von einem stechenden Schmerz geweckt.

Es war Zeit.

Die Klinik war vorbereitet. Ärzte, Hebammen, Schwestern – alles war ruhig, professionell, aber fürsorglich.

Die Wehen kamen in Wellen, aber Lena hatte keine Angst. Sie wusste, dass dies der Moment war, auf den sie monatelang hingearbeitet hatte.

Anna und David waren da, hielten ihre Hand, flüsterten ihr immer wieder „Danke" zu.

Und dann, nach Stunden des Atmens, des Pressens, des Schmerzes – hörte sie den ersten Schrei.

Ein kräftiges, klares Geräusch, das den Raum erfüllte.

Lena lehnte sich erschöpft zurück.

Sie hatte es geschafft.

Eine Ärztin legte das Baby Anna in den Arm.

Und in Annas Gesicht lag das pure Glück.

Tränen liefen über ihre Wangen, als sie das kleine Mädchen ansah.

„Hallo, Lina", flüsterte sie.

Lena spürte eine tiefe, ruhige Zufriedenheit in sich.

Es war nicht ihr Kind.

Aber es war das Richtige gewesen.

Lena blieb noch einige Tage zur Erholung in der Klinik. Anna und David besuchten sie mit der kleinen Lina, dankbar für jedes Gespräch, jede Berührung, jedes Lächeln.

Aber Lena wusste, dass es für sie nun weiterging.

Zwei Wochen nach der Geburt begann ihre neue Aufgabe.

Die Klinik bereitete sie darauf vor, wieder Milchspenderin zu werden – diesmal mit voller Kapazität.

Ihr Körper war bereit.

Und ihr Geist auch.

Miriam und Sophie begrüßten sie mit einem wissenden Lächeln, als sie zum ersten Mal wieder zur Spende ging.

„Willkommen zurück", sagte Miriam.

Lena lächelte.

Sie war nicht nur zurück.

Sie war angekommen.

*

Lena hatte sich schneller erholt, als sie gedacht hatte.
Ihr Körper war stark, trotz der Strapazen der Schwangerschaft, und ihr Geist war gefestigter als je zuvor.

Die erste Milchspende nach der Geburt fühlte sich anders an. Intensiver. Ihr Körper wusste, dass er ein
Kind genährt hatte, dass er noch immer bereit war, Leben zu geben. Und jetzt tat er es für viele.

Jeden Morgen ging sie zur Spenderstation, wo die anderen Frauen bereits warteten. Miriam, jetzt hochschwanger mit ihrem zweiten Leihmutterkind, grinste
sie an, als sie sich an ihre Maschine setzte.

„Wie fühlt es sich an, wieder hier zu sein?" fragte sie.

Lena lächelte leicht. „Richtig."

Und das war es.

Sie fühlte sich nicht leer.

Sie fühlte sich gebraucht.

Die Klinikstadt funktionierte weiterhin wie ein Mikrokosmos. Sie war ein Ort des Schutzes, der Harmonie –

und für Frauen wie Lena, die keine Alternative hatten, eine Möglichkeit, in Sicherheit zu leben.

Lena war nun eine von denen, die schon länger hier waren. Sie wusste genau, wie der Alltag funktionierte, wie der Körper optimal versorgt wurde, um die Milchproduktion aufrechtzuerhalten.

Sie bekam eine spezielle Ernährung, trank Tees zur Milchförderung, hatte regelmäßige Massagen und Therapien, um Verspannungen durch das tägliche Pumpen zu lösen.

Und das Beste: Es lohnte sich.

Am Monatsende bekam sie ihren Scheck, und als sie den Betrag sah, wusste sie, dass sie sich keine Sorgen mehr machen musste.

Sie konnte bleiben.

Solange sie wollte.

Mit der Zeit kamen neue Frauen in die Klinik. Junge Frauen, ältere, manche aus Not, manche aus eigener Entscheidung.

Lena begann, ihnen zu helfen.

Sie erklärte ihnen die Abläufe, half ihnen bei den ersten Spenden, beruhigte sie, wenn sie Zweifel hatten.

„Es ist seltsam am Anfang", sagte sie einmal zu einer Neuen, die nervös auf der Liege saß. „Aber du wirst dich daran gewöhnen. Und irgendwann fühlt es sich nicht mehr wie eine Last an – sondern wie ein Geschenk."

Die Frau nickte langsam. Und Lena wusste, dass sie verstand.

Eines Morgens wurde sie von Dr. Meissner in sein Büro gebeten.

„Lena", begann er, während er sich in seinen Sessel lehnte. „Sie haben sich hier gut eingelebt."

Sie nickte. „Ja."

„Und Sie wissen, dass Sie jederzeit eine weitere Entscheidung treffen können."

Lena runzelte die Stirn. „Was meinen Sie?"

Er zog eine Mappe hervor.

„Wenn Sie möchten, könnten Sie noch einmal Leihmutter werden. Oder Sie können als Langzeitspenderin bleiben. Es gibt Frauen, die über Jahre hinweg Milch spenden. Sie haben eine außergewöhnlich hohe Produktion – wir würden uns freuen, wenn Sie weitermachen."

Lena betrachtete die Mappe.

Noch einmal schwanger sein.

Noch einmal durch die neun Monate gehen, ein Leben in sich tragen – und es wieder hergeben.

Oder hierbleiben, weiter spenden, weiter in diesem Rhythmus bleiben.

Sie wusste nicht, was sie wollte.

Aber sie wusste eines:

Egal, wie sie sich entschied, sie würde nie wieder verloren sein.

Die Monate vergingen, und Lena blieb.

Manchmal dachte sie an Anna und David, an Lina, die jetzt in einer Welt draußen wuchs, ohne sie. Doch sie fühlte keinen Schmerz.

Denn hier, in diesem abgeschlossenen Paradies, hatte sie ihre eigene Bestimmung gefunden.

Eines Tages, als Miriam mit einem Neugeborenen auf dem Arm zurückkehrte, strahlte sie.

„Es war wieder wunderschön", sagte sie.

Lena sah sie an, dann legte sie eine Hand auf ihren flachen Bauch.

Vielleicht…

Vielleicht war es an der Zeit, wieder Leben zu schenken.

Und der Kreislauf würde von vorne beginnen.

*

Lena saß Tobias gegenüber in dem kühlen Empfangs-
bereich der Klinik, ihr Herz raste. Sein plötzlicher Besuch hatte alles in ihr durcheinandergebracht. Zum
ersten Mal seit Jahren sah sie sich mit der Realität außerhalb der Klinik konfrontiert.

„Ich will, dass du mit mir kommst", sagte Tobias leise.
„Ich weiß nicht, was hier vor sich geht, aber es fühlt
sich nicht richtig an."

Lena wollte antworten, doch bevor sie etwas sagen
konnte, spürte sie eine Hand auf ihrer Schulter.

„Frau Wagner."

Dr. Meissner stand hinter ihr, ruhig, aber mit einem
Hauch von Strenge in der Stimme. Zwei Schwestern in
makellosen weißen Kitteln flankierten ihn.

„Ich muss Sie bitten, mit mir zu kommen."

Tobias' Miene verfinsterte sich. „Was soll das heißen?
Sie kann doch selbst entscheiden, ob sie hierbleibt oder
nicht."

Dr. Meissner schüttelte sanft den Kopf. „Das ist nicht
ganz korrekt."

Lena spürte, wie sich ihr Magen verkrampfte. Ein kal-
ter Schauer lief ihr über den Rücken.

„Lena?" Tobias sah sie an.

Sie senkte langsam den Blick.

„Ich… ich kann nicht gehen."

Tobias runzelte die Stirn. „Was redest du da?"

Dr. Meissner nahm ruhig ein Klemmbrett zur Hand, zog ein Dokument heraus und legte es auf den Tisch.

„Als Frau Wagner sich entschieden hat, Teil unserer Einrichtung zu werden, hat sie einen Vertrag unterzeichnet. Ein sehr verbindliches Abkommen."

Tobias griff nach dem Papier, überflog die Zeilen – und sein Gesicht wurde blass.

„Was zum Teufel…"

Er sah zu Lena. „Du hast das unterschrieben?"

Sie nickte langsam, ihre Hände zitterten.

„Ich wusste nicht, was ich tat. Ich war so verloren damals…"

Tobias schluckte. „Lena, hier steht, dass du bis zur **Menopause** Milchspenderin oder Leihmutter bleiben musst. Und wenn du das nicht mehr kannst…" Er blätterte weiter, dann flüsterte er: „Dann musst du deine Organe spenden?"

Lena schloss die Augen. Sie hatte diesen Teil verdrängt.

„Oder zwei andere Frauen finden, die deinen Platz einnehmen."

Stille.

Dann stand Tobias abrupt auf. „Das ist Wahnsinn! Sie können sie nicht festhalten! Das ist Menschenhandel!"

Dr. Meissner blieb vollkommen ruhig. „Herr Becker, Lena hat diesen Vertrag freiwillig unterzeichnet. Sie hat ihn in vollem Bewusstsein ihrer Entscheidungen unterschrieben. Und sie hat bereits von unseren Vorteilen profitiert. Unterkunft, Nahrung, medizinische Versorgung, finanzielle Sicherheit. Sie ist eine wertvolle Spenderin, und wir erwarten, dass sie sich an ihre Verpflichtungen hält."

Tobias' Kiefer spannte sich an. „Ich werde die Polizei rufen."

Dr. Meissner schüttelte nur bedächtig den Kopf. „Unsere Klinik ist eine private Einrichtung. Sie unterliegt eigenen Regeln. Der Vertrag ist legal und bindend."

Tobias ballte die Fäuste. „Lena…"

Sie stand langsam auf. Ihre Beine fühlten sich schwer an.

„Ich kann nicht gehen, Tobias."

Ihre Stimme brach fast.

„Ich habe keine Wahl."

Tobias schüttelte den Kopf. „Doch, hast du. Wir finden einen Weg."

Doch noch bevor er sich weiter aufregen konnte, trat eine der Schwestern vor.

„Ich fürchte, unser Gespräch ist vorbei."

Sie hielten sich höflich, aber bestimmt.

Und dann…

Dann packten sie Tobias' Arm.

„Was soll das?" rief er und versuchte, sich loszureißen.

„Es ist zu Ihrem eigenen Schutz", sagte Dr. Meissner ruhig. „Wir können keine Unruhe stiften lassen."

Lena sah panisch zu, wie Tobias von zwei kräftigen Pflegern Richtung Ausgang gezogen wurde.

„LENA!"

Seine Stimme hallte durch die Halle.

Sie konnte sich nicht bewegen.

Die Tür fiel ins Schloss.

Stille.

Dr. Meissner drehte sich zu ihr um.

„Ich verstehe, dass das beunruhigend für Sie war. Aber wir können nicht zulassen, dass Außenstehende unser System in Frage stellen."

Lena nickte langsam.

„Wir bringen Sie zurück in Ihr Zimmer. Sie sollten sich ausruhen."

Sie gehorchte mechanisch, ließ sich von einer Schwester in ihren Wohntrakt führen.

Als sie die Tür hinter sich schloss, spürte sie, wie ihre Knie nachgaben.

Tobias war weg.

Und sie war immer noch hier.

Für immer.

*

Lena lag auf ihrem Bett und starrte an die Decke. Ihr Herz hämmerte noch immer in ihrer Brust. Tobias war fort.

Und sie war wieder allein.

Doch als sie am nächsten Morgen in den Speisesaal ging, schien sich nichts verändert zu haben. Die anderen Frauen unterhielten sich entspannt, lachten leise über ein Gespräch, tranken Tee.

Nichts deutete darauf hin, dass jemand merkte, was gestern passiert war.

Miriam winkte sie zu sich. „Hey, du siehst aus, als hättest du einen schlechten Traum gehabt."

Lena setzte sich langsam.

„Tobias war hier", sagte sie leise.

Sophie hob überrascht eine Augenbraue. „Dein alter Freund?"

Lena nickte. „Er wollte, dass ich gehe."

Miriam nahm einen Schluck von ihrem Tee. „Und? Warum bist du noch hier?"

Lena sah sie an. „Ich… ich kann nicht."

Die beiden Frauen tauschten einen schnellen Blick.

„Lena, hast du wirklich gedacht, dass es so einfach ist?" fragte Miriam schließlich.

„Aber Tobias hat recht", sagte Lena. „Dieser Vertrag… er bindet uns hier, bis wir nicht mehr können. Und wenn wir nicht mehr können, müssen wir unsere Organe spenden oder zwei andere Frauen finden, die für uns einspringen."

Sophie zuckte mit den Schultern. „Und? Ist das so schlimm?"

Lena starrte sie an. „Wie kannst du das sagen?"

Miriam schmunzelte. „Weil es wahr ist. Schau dich um, Lena. Wir haben hier alles. Keine Rechnungen, keine Männer mit schlechten Manieren, keine Jobs, die uns ausbrennen. Keine Angst, dass uns draußen jemand auflauert oder dass wir diskriminiert werden. Hier ist unser Leben geregelt. Wir haben eine Aufgabe, und wir bekommen alles, was wir brauchen."

Lena schluckte. „Aber wir haben keine Freiheit."

„Freiheit?" Miriam lachte leise. „Freiheit wofür? Um uns draußen mit schlecht bezahlten Jobs herumzuplagen? Um uns mit Männern herumzuschlagen, die uns nicht respektieren? Um uns in einer Welt zu behaupten, die für uns nie fair war?"

Sophie nickte. „Draußen haben Frauen es schwer. Hier nicht. Hier werden wir umsorgt. Wir bekommen, was wir brauchen. Wir haben keinen Stress, keine Unsicherheiten. Und weißt du was? Ich finde, das ist es wert."

Lena spürte, wie ihr Magen sich zusammenzog.

„Aber wir haben keine Wahl."

Miriam sah sie lange an. „Draußen hast du auch keine. Nur dass du dort kämpfen musst, um zu überleben. Hier ist es leicht."

Lena wusste, dass sie damit nicht Unrecht hatte.

Aber war das wirklich das Leben, das sie wollte?

Sie wusste es nicht mehr.

Alles, was sie wusste, war, dass Tobias nicht zurückkommen würde.

Und dass sie eine Entscheidung treffen musste.

*

Lena konnte nicht schlafen. Tobias' Worte hallten in ihrem Kopf wider. **„Hast du wirklich eine Wahl?"**

Sie wusste, dass Miriam und Sophie recht hatten – draußen wartete ein hartes, unbarmherziges Leben. Doch konnte sie wirklich akzeptieren, dass ihr Schicksal hier in der Klinik für immer besiegelt war?

Nein.

Wenn es einen Weg gab, um frei zu sein, dann würde sie ihn finden.

Und so stand sie am nächsten Morgen entschlossen auf und ging direkt zum Büro der Klinikleitung.

Dr. Meissner sah sie mit seinem gewohnten, ruhigen Lächeln an.

„Lena. Ich habe gehört, dass Sie Fragen haben."

Lena holte tief Luft. „Ich will aus meinem Vertrag raus."

Der Arzt lehnte sich zurück. „Das ist eine ungewöhnliche Bitte. Sie wissen, dass Sie sich verpflichtet haben, bis zu Ihrer Menopause hier zu bleiben."

„Ja", sagte sie fest. „Aber ich weiß auch, dass ich eine Möglichkeit habe, freizukommen."

Dr. Meissner hob eine Augenbraue. „Und die wäre?"

„Ich finde zwei Frauen, die meinen Platz einnehmen."

Einen Moment lang herrschte Stille.

Dann nickte er langsam. „Das stimmt. Die Klausel existiert. Sie haben das Recht, zwei geeignete Kandidatinnen zu präsentieren, die Ihren Platz als Milchspenderin oder Leihmutter übernehmen."

Lena spürte einen Funken Hoffnung. „Was genau heißt 'geeignet'?"

Dr. Meissner faltete die Hände. „Gesund, fruchtbar, bereit, sich dem Klinikleben anzupassen. Frauen, die aus freien Stücken hier sein wollen und verstehen, worauf sie sich einlassen."

Lena schüttelte den Kopf. „So wie ich damals?"

Er lächelte leicht. „Sie hatten eine Wahl, Lena. Sie waren verzweifelt, ja. Aber wir haben Sie nicht gezwungen."

Sie ballte die Fäuste unter dem Tisch. Sie wusste, dass er recht hatte.

„Und wenn ich zwei Frauen finde? Bin ich dann wirklich frei?"

„Ja", sagte er schlicht. „Dann endet Ihr Vertrag. Sie dürfen gehen."

Lena atmete tief durch.

Sie hatte eine Chance.

Jetzt musste sie nur noch zwei Frauen finden, die bereit waren, an ihrer Stelle zu bleiben.

Lena wusste, dass es nicht einfach werden würde. Sie musste Frauen finden, die bereit waren, das Leben in der Klinik anzunehmen – freiwillig.

Ihre erste Anlaufstelle war Miriam und Sophie.

„Ihr sucht also zwei Neue?" fragte Miriam, als sie sich in den Klinikgärten trafen.

„Ja", sagte Lena. „Ich will, dass sie genau wissen, worauf sie sich einlassen. Ich will nicht, dass sie in die gleiche Falle tappen wie ich."

Sophie lehnte sich zurück. „Es gibt genug Frauen da draußen, die alles dafür tun würden, ein sorgenfreies Leben zu haben."

„Aber wie sollen wir sie erreichen? Wir dürfen das Gelände nicht verlassen."

Miriam lächelte leicht. „Es gibt immer Wege."

Und so begann ihre Suche.

Lena wusste, dass neue Frauen nur durch bestimmte Kanäle in die Klinik kamen. Über Vermittlungsagenturen, diskrete Werbungen in bestimmten Frauenhäusern, private Empfehlungen.

Doch es gab einen geheimen Weg: Briefe.

Einige Frauen hier hatten Kontakt zu möglichen Anwärterinnen. Es gab Briefe von Schwestern, Cousinen,

Freundinnen, die von ihrem neuen Leben erzählten –
und davon, wie einfach es war.

„Ich kenne zwei Frauen, die interessiert sein könnten",
sagte Miriam eines Abends.

Lena sah sie an. „Sind sie wirklich bereit?"

„Ja. Sie haben Schulden, keine Perspektive. Sie wissen,
was es heißt, draußen zu kämpfen."

Lena spürte einen Kloß in ihrer Kehle. Sie hatte Angst,
dass sie Frauen in dasselbe System hineinziehen
würde, das sie jetzt verlassen wollte.

Aber dann erinnerte sie sich an ihre eigene Not.

Und daran, dass manche Menschen das als ihre beste
Chance sahen.

Zwei Wochen später bekam Dr. Meissner zwei neue
Bewerbungen auf seinen Schreibtisch.

„Ich sehe, Sie haben Ihre Kandidatinnen gefunden",
sagte er mit einem leichten Lächeln.

„Ja", antwortete Lena ruhig.

Er überflog die Unterlagen. Dann nickte er.

„Wenn sie den Eignungstest bestehen, endet Ihr Vertrag offiziell."

Lena atmete tief durch.

Ihre Freiheit lag in greifbarer Nähe.

Jetzt musste sie nur noch warten.

*

Die nächsten Tage vergingen in nervöser Anspannung.
Lena wusste, dass ihr Schicksal nun von den beiden
Frauen abhing, die bereit waren, ihren Platz einzuneh-
men.

Miriam hatte ihnen Briefe geschrieben, und nach einigen Gesprächen über einen Vermittler hatten beide zu-
gestimmt, sich testen zu lassen.

Doch erst wenn sie die medizinischen und psychologischen Prüfungen bestanden, war Lena wirklich frei.

Es war eine Woche später, als Lena erneut ins Büro
von Dr. Meissner gerufen wurde.

Er saß hinter seinem dunklen Holzschreibtisch, wie
immer ruhig, überlegt. Neben ihm lagen zwei geöff-
nete Akten.

„Gute Nachrichten", begann er. „Beide Frauen haben
die Untersuchungen bestanden. Ihre Werte sind ausge-
zeichnet. Sie sind bereit, ihren Platz in der Klinik ein-
zunehmen."

Lena spürte, wie sich ihr Herzschlag beschleunigte.

„Heißt das… ich kann gehen?"

Dr. Meissner musterte sie für einen Moment, dann nickte er. „Ja. Ihr Vertrag ist offiziell beendet."

Er schob ein Dokument über den Tisch.

„Hier ist Ihre Entlassungserklärung. Sobald Sie unterschreiben, sind Sie frei."

Lena zögerte nur einen Moment, dann griff sie nach dem Stift.

Mit jedem Strich, den sie auf das Papier setzte, fühlte es sich an, als würde sie eine unsichtbare Kette sprengen.

Als sie fertig war, legte sie den Stift ab.

„Wann kann ich gehen?"

„Heute", sagte er ruhig. „Wir haben alles vorbereitet. Ihre Ersparnisse wurden auf ein Konto überwiesen, Ihre Unterlagen sind geordnet. Eine Fahrerin bringt Sie dorthin, wo Sie hinmöchten."

Lena atmete tief durch.

Sie war wirklich frei.

Sie packte ihre wenigen Habseligkeiten in eine Tasche und verabschiedete sich von Miriam und Sophie.

„Du bist mutig", sagte Sophie mit einem schiefen Lächeln. „Ich wünschte, ich hätte deinen Willen."

„Und ich wünschte, ich könnte dich mitnehmen", antwortete Lena leise.

Miriam umarmte sie fest. „Vielleicht sehen wir uns wieder. Aber wenn nicht – leb für uns mit."

Lena nickte. „Das verspreche ich."

Dann verließ sie die Klinik.

Die Fahrt war still. Die Fahrerin sprach kaum ein Wort, ließ sie einfach aus dem Fenster sehen, während die Welt draußen vorbeizog.

Lena fühlte sich, als würde sie nach einer Ewigkeit aus einem Traum aufwachen.

Als sie in der Stadt abgesetzt wurde, wusste sie nicht, wohin sie gehen sollte.

Aber dann hörte sie eine vertraute Stimme.

„Lena!"

Sie drehte sich um.

Tobias stand da.

Sein Gesicht war voller Überraschung – und Erleichterung.

„Du bist wirklich hier", flüsterte er.

Lena nickte langsam.

Er trat näher. „Was jetzt?"

Sie schaute auf ihre Hände, dann in den Himmel.

„Ich weiß es nicht", sagte sie.

Dann lächelte sie zum ersten Mal wirklich aus tiefstem Herzen.

„Aber ich werde es herausfinden."

*

Lena spürte zum ersten Mal seit langer Zeit kühle Luft auf ihrer Haut, die nicht durch die perfekt regulierten Lüftungssysteme der Klinik gefiltert war. Die echte Welt fühlte sich fremd an – lauter, chaotischer, aber auch lebendiger.

Tobias sah sie aufmerksam an. „Du siehst aus, als wärst du in Gedanken ganz woanders."

Lena nickte langsam. Sie hatte es geschafft, war frei. Doch tief in ihr nagte eine Frage, die sie nicht losließ.

„Ich muss sie finden", sagte sie leise.

Tobias runzelte die Stirn. „Wen?"

Sie drehte sich zu ihm. „Lina. Das Baby, das ich zur Welt gebracht habe."

Tobias' Augen weiteten sich leicht. „Lena… du hast das Kind abgegeben. Du wusstest, dass das Teil des Abkommens war."

„Ich weiß", flüsterte sie. „Aber irgendetwas stimmt nicht. Ich spüre es."

Tobias seufzte, aber er kannte sie gut genug, um zu wissen, dass sie nicht einfach aufgeben würde.

„Also gut", sagte er schließlich. „Wo fangen wir an?"

Bevor Lena antworten konnte, räusperte sich Tobias plötzlich. Seine Gesichtszüge verhärteten sich.

„Es gibt noch etwas, das ich dir sagen muss."

Lena spürte, wie sich ihr Körper verspannte. „Was denn?"

Tobias holte tief Luft, als würde er sich auf das vorbereiten, was er gleich sagen würde.

„Ich habe herausgefunden, wie Daniel wirklich gestorben ist."

Ein Schock durchfuhr Lena. Ihre Hände verkrampften sich.

„Was?" flüsterte sie.

Tobias nickte langsam. „Ich habe nachgeforscht, habe alte Polizeiberichte gelesen und mit jemandem gesprochen, der an den Untersuchungen beteiligt war. Es gab nie Spuren von Bremsmanövern an der Unfallstelle. Und die technischen Berichte des Autos wurden manipuliert."

Lenas Kehle wurde trocken.

„Was heißt das?"

Tobias sah sie mit ernster Miene an. „Es heißt, dass jemand wollte, dass Daniel stirbt."

Lena schüttelte den Kopf, als könnte sie die Worte einfach abschütteln.

„Nein… das kann nicht sein. Warum sollte jemand…?"

Tobias legte ihr eine Hand auf die Schulter. „Lena, hör mir zu. Die Klinik hatte einen Grund, ihn loszuwerden."

Ihre Augen weiteten sich. „Was?"

„Ich habe ein paar alte Verbindungen genutzt und etwas herausgefunden. Diese Klinik ist nicht nur eine Muttermilchfarm. Sie hat Verbindungen zu einem Konzern, der mit Muttermilch experimentiert – für die Pharmaindustrie, für Nahrungsergänzungsmittel, für elitäre Kunden. Und sie brauchen Frauen, die bereit sind, sich ganz diesem System zu verschreiben."

Lena begann zu zittern.

„Du warst damals in einer Krise. Du hattest nichts mehr. Und die Klinik hat dich ‚gerettet'. Aber Daniel… er war ein Hindernis. Er war jemand, der dich gehalten hätte. Jemand, der dich davon abgehalten hätte, dort einzutreten. Und genau das konnten sie nicht riskieren."

Lena spürte, wie ihr Körper taub wurde.

„Willst du mir sagen, dass… dass die Klinik ihn töten ließ?"

Tobias nickte langsam.

„Ich kann es nicht beweisen. Aber alle Spuren deuten darauf hin, dass sein Tod kein Unfall war. Jemand hat sichergestellt, dass du keinen Grund mehr hattest zu bleiben. Dass du so verzweifelt warst, dass du alles unterschreibst, was sie dir vorlegen."

Lena fühlte, wie sich ihre Brust zusammenzog.

Sie konnte nicht atmen.

Daniel war nicht einfach nur gestorben.

Er war für sie gestorben.

Für das System, das sie gefangen gehalten hatte.

Lena brauchte einige Minuten, um sich zu sammeln. Tobias ließ sie gewähren, wartete geduldig.

Dann hob sie langsam den Kopf.

„Ich muss wissen, was mit Lina passiert ist", sagte sie mit zitternder Stimme. „Und ich muss wissen, wer für Daniels Tod verantwortlich ist."

Tobias nickte. „Dann fangen wir an."

Zusammen machten sie sich auf den Weg – in eine dunkle Wahrheit, die größer war, als sie es sich jemals hätte vorstellen können.

*

Ein hochmodernes Büro, weit entfernt von der stillen
Klinik, in einer der wohlhabendsten Städte Europas.
Bodentiefe Fenster gaben den Blick auf eine Skyline
frei, die in der Morgensonne glitzerte. In der Mitte des
Raumes stand ein massiver Mahagonitisch, an dem ein
Mann in einem maßgeschneiderten Anzug saß.

Er war in seinen Fünfzigern, aber sein Gesicht war
glatt, seine Haltung aufrecht, seine Hände makellos
gepflegt. Nichts an ihm wirkte hektisch oder unüber-
legt.

Sein Name war Konrad Halberg, CEO der Nutriborne
Group – dem weltweit führenden Unternehmen für
„biologisch optimierte" Ernährungslösungen.

Er hielt ein Glas mit einer milchig-weißen Flüssigkeit
in der Hand, schwenkte es langsam, als würde er einen teuren Wein verkosten.

Gegenüber von ihm saß eine Frau in einem schlichten,
aber eleganten grauen Kostüm. Dr. Elise Winter, die
medizinische Leiterin einer exklusiven Forschungsab-
teilung seines Unternehmens.

„Wie steht es um die Produktion?" fragte Halberg,
ohne aufzusehen.

Elise legte einen Tablet-Computer vor ihn, tippte kurz auf den Bildschirm, und Diagramme erschienen in der Luft über dem Tisch.

„Die aktuellen Spenderinnen liefern stabile Mengen. Die Qualität entspricht weiterhin den höchsten Standards."

Halberg nippte an seinem Glas, schloss kurz die Augen und nickte dann zufrieden.

„Es ist faszinierend", sagte er leise. „Reine, unveränderte Muttermilch. Kein industrielles Ersatzprodukt kann jemals dieselbe Wirkung haben."

Elise nickte. „Deshalb bezahlen unsere Kunden auch so viel dafür."

Halberg ließ das Glas sinken und sah sie zum ersten Mal direkt an. „Wie viele sind es derzeit?"

„Sechsundzwanzig aktive Spenderinnen", sagte Elise präzise. „Die Klinik liefert monatlich über 900 Liter."

„Und die anderen?"

Elise tippte wieder auf das Tablet. „Einige Frauen haben sich als Leihmütter verpflichtet. Nach der Geburt wechseln sie entweder ins Spenderprogramm oder…" Sie machte eine kleine Pause. „…sie nehmen andere Wege."

Halberg verzog keine Miene. „Gibt es Probleme?"

„Nein. Die Rekrutierung neuer Spenderinnen verläuft nach Plan. Wir arbeiten weiterhin mit diskreten

Vermittlungsagenturen, die gezielt Frauen mit den richtigen physischen und psychologischen Voraussetzungen auswählen. Die meisten haben keine Perspektive außerhalb der Klinik und finden sich schnell in unser System ein."

Halberg nickte langsam.

„Und unsere… Spezialkunden?"

Elise setzte sich aufrechter hin.

„Die Anfragen aus dem Premiumsegment steigen. Besonders in den asiatischen Märkten gibt es eine wachsende Nachfrage nach unbehandelter, hochreiner Muttermilch – für elitäre Kreise, medizinische Forschung und für individuelle Gesundheitsprogramme."

Ein kaum merkliches Lächeln spielte um Halbergs Mundwinkel.

„Und die Babys?" fragte er schließlich.

Elise hielt inne.

„Die Babys aus der Klinik… werden effizient verwertet."

Halberg nickte zufrieden. „Gut."

Er stellte das Glas ab.

„Sorgen Sie dafür, dass die Produktion stabil bleibt. Und dass keine Unruhe aufkommt."

Elise verstand.

Die Frauen in der Klinik glaubten, sie führten ein sicheres, privilegiertes Leben. Sie wussten nicht, dass sie Teil eines viel größeren, diskreten Kreislaufs waren.

Und vor allem wussten sie nicht, dass ihre Babys nie bei glücklichen Eltern landeten.

Sondern in den Händen von Menschen, die sie als **Ressource** betrachteten.

Halberg lehnte sich zurück und betrachtete sein Glas erneut.

Reine Muttermilch.

Das wertvollste Gut der Welt.

Und er besaß die vollständige Kontrolle darüber.

Nachwort – Die unsichtbaren Parallelen

Was unterscheidet eine Milchspenderin von einer Milchkuh?

Diese Frage mag zunächst schockieren, doch wenn man über das System nachdenkt, das Lena und die anderen Frauen in der Klinik gefangen hielt, wird die Parallele erschreckend offensichtlich.

Kühe werden auf Milchleistung optimiert. Sie werden geschwängert, damit sie Milch produzieren. Ihre Kälber werden ihnen direkt nach der Geburt weggenommen, weil die Milch nicht für sie bestimmt ist – sondern für die Industrie, für Konsumenten, die das Endprodukt genießen, ohne über den Prozess dahinter nachzudenken.

Lena war kein Einzelfall. Ihre Muttermilch war eine Ware, eine Ressource, die in einem perfekt abgestimmten System produziert, verarbeitet und an eine elitäre Kundschaft verkauft wurde. Ihre Schwangerschaft war nicht mehr als ein Mittel zur Maximierung der Produktion.

Die Klinik bot ein angenehmes Leben – ähnlich wie moderne Milchfarmen, die darauf achten, dass ihre Tiere „stressfrei" bleiben, weil glückliche Kühe mehr Milch geben. Die Frauen hatten keinen Mangel an Nahrung, sie hatten keine Geldsorgen. Doch sie hatten auch keine Wahl.

Und was geschah mit den Babys?

In der Milchindustrie verschwinden Kälber aus der Gleichung, weil sie die wirtschaftliche Effizienz stören. In Lenas Welt wurde das gleiche Prinzip auf Menschen übertragen.

Doch während die Gesellschaft gelernt hat, die Ausbeutung von Kühen als „normal" zu betrachten, bleibt der Gedanke, dass so etwas mit Menschen geschehen könnte, eine undenkbare Vorstellung.

Oder vielleicht doch nicht?

Denn was, wenn irgendwo in einer abgeschotteten Einrichtung genau so ein System existiert?

Und was, wenn niemand es hinterfragt?

Produkte aus Muttermilch – Realität und Grenzen des Handels

Auch wenn Muttermilch im medizinischen und wissenschaftlichen Bereich eine wertvolle Ressource ist, gibt es bereits Produkte, die offen oder im Graumarkt gehandelt werden. Während die meisten davon für medizinische oder kosmetische Zwecke genutzt werden, gibt es immer wieder Versuche, Muttermilch als Luxusprodukt oder Nahrungsergänzungsmittel zu vermarkten. Hier sind einige Beispiele:

1. Muttermilchbanken und Muttermilch als Nahrungsmittel für Frühchen

- In vielen Ländern gibt es **Muttermilchbanken**, die gespendete Milch an Krankenhäuser liefern, insbesondere für Frühgeborene oder schwerkranke Babys, deren Mütter nicht stillen können.

- Diese Milch wird strengen Sicherheitskontrollen unterzogen und pasteurisiert, bevor sie an medizinische Einrichtungen weitergegeben wird.

2. Muttermilch-basierte Nahrungsergänzungsmittel

- Einige Unternehmen experimentieren mit **Proteinextrakten aus Muttermilch**, insbesondere **Lactoferrin** und **Oligosaccharide**, die für das Immunsystem und die Darmgesundheit von Säuglingen und Erwachsenen förderlich sind.

- Diese Substanzen werden in Pulverform oder als Zusatz in Nahrungsergänzungsmitteln verarbeitet.

3. Kosmetika aus Muttermilch

- **Muttermilch-Seife** ist ein beliebtes DIY-Produkt und wird auch kommerziell verkauft. Sie soll besonders sanft zur Haut sein und antibakterielle Eigenschaften haben.

- Es gibt Berichte über **Muttermilch-Cremes**, die angeblich bei Hautkrankheiten wie Ekzemen oder Akne helfen sollen.

4. Bodybuilding- und Hochleistungssport

- In einigen Kreisen kursiert die Theorie, dass Muttermilch eine leistungssteigernde Wirkung hat.

- Manche Bodybuilder und Sportler kaufen Muttermilch auf dem Schwarzmarkt oder über Online-Plattformen, da sie hoffen, dass sie das Immunsystem stärkt und Muskelwachstum fördert.

5. Muttermilch als Luxusgetränk

- Es gab vereinzelt Berichte über **Cafés, die mit Muttermilch experimentierten**, zum Beispiel für Cappuccino oder Desserts.

- Diese Experimente wurden meist kritisch aufgenommen und sind oft rechtlich nicht erlaubt, da Muttermilch als Körperflüssigkeit unter Lebensmittelgesetze fällt.

6. Muttermilch für alternative Therapien

- Manche Heilpraktiker schwören auf Muttermilch als „natürliches Antibiotikum" und setzen sie für Augenentzündungen, Wunden oder zur Unterstützung des Immunsystems ein.

Der Graumarkt – Risiken und ethische Fragen

Obwohl es offizielle Muttermilchbanken gibt, existiert auch ein Graumarkt für Muttermilch. Online-Plattformen und Foren bieten Möglichkeiten, Muttermilch zu kaufen – oft ohne gesundheitliche Kontrollen. Dies birgt Risiken, da die Milch potenziell mit Krankheiten oder Schadstoffen belastet sein könnte.

Ethische Fragen bleiben bestehen:

- Sollte Muttermilch eine Handelsware sein?

- Welche Rolle spielen wirtschaftliche Interessen in diesem Markt?

- Wo liegt die Grenze zwischen Bedarf und Ausbeutung?

Während die Vorstellung, dass Muttermilch systematisch für kommerzielle Zwecke genutzt wird, oft noch als Science-Fiction erscheint, zeigen die bestehenden Produkte und Märkte, dass die Realität vielleicht gar nicht so weit entfernt ist.

FSC
www.fsc.org
MIX
Papier | Fördert
gute Waldnutzung
FSC® C083411

Zeitfracht Medien GmbH
Ferdinand-Jühlke-Straße 7
99095 Erfurt, Deutschland
produktsicherheit@kolibri360.de